네 통의 편지

네 통의 편지

설흔 장편소설

나무를 심는 사람들

서문

퇴계 이황과 율곡 이이는 조선 성리학의 하늘에 빛나는 두 별이다. 두 사람의 초상이 우리가 쓰는 지폐의 한 면을 장식하고 있다는 사실은 둘의 영향력이 아직도 건재함을 알려 준다.

두 사람 모두 대학자가 되었지만, 과정은 좀 달랐다. 이이는 천재였다. 아홉 번의 과거 시험에서 모두 장원을 차지해 구도장원공이라는 별명을 얻었다. 이황은 어땠을까? 대과도 아닌 소과에 세 차례나 미끄러진 고난의 길을 걸어간 끝에 34세의 나이에 문과에 급제했다. 늦은 나이는 아니었다. 반면 이이는 아버지 삼년상을 마친 후 곧바로 과거에 도전해 일 년 만에 생원시, 진사시, 문과에 모두 장원급제했다. 이황의 성취는 이이와 비교하면 아무래도 평범하다는 인상을 지우기 어렵다.

두 사람의 공부 방식 또한 극과 극이다. 어느 날 이이는 친구 성혼에게 책을 읽을 때 한 번에 몇 줄을 읽는지 물었다. 성혼이 일고여덟 줄을 읽는다고 하자 이이는 무척 겸손하게 대답했다.

"나도 겨우 십여 줄을 한꺼번에 읽을 수 있을 뿐이네."

한문 원문 십여 줄을 한꺼번에 읽는 건 천재에게나 가능한 일이다. 이이는 한 해에 《사서》를 아홉 번씩 읽었으며, 남과 이야기를 나누면서도 책을 읽고 의미를 이해했다고 하니 범인이 아닌 것은 분명하다.

이이가 천재형이었다면 이황은 노력형이었다. 이황은 《사서》 중 《논어》를 제일 먼저 공부했다. 공부 방식은 단순했다. 무조건 다 외우기! 이황은 끈기에 있어서는 다른 이들의 추종을 불허했다. 배운 것은 반드시 복습했고, 하나라도 빼놓지 않고 이해한 후에야 다음으로 넘어갔다. 이러한 무식한(?) 공부 방법은 훗날 탈을 일으키고 말았다. 어렵기로 소문난 《주역》을 읽고 또 읽던 이황은 결국 쓰러지고 말았다. 깨달음은 있었다. 자신을 지나치게 몰아붙이면 안 된다는 것! 이황은

'활인심방' 공부를 통해 몸과 마음을 건강하게 다스리는 방법을 익혔다. 그 뒤로는 공부 속도를 조절했고 몸도 상하지 않게 되었다.

공부 방식이 판이했던 두 사람은 공부에 대한 생각도 달랐다. 이이는 《격몽요결》에서 이렇게 말한다.

처음 배우는 사람은 모름지기 먼저 뜻을 세워야 한다. 반드시 성인이 되기를 기약하고서 털끝만큼도 스스로를 작게 여기고 물러서고 미루려는 생각을 가져서는 안 된다… 뜻이 성실하고 독실하지 않아 늘 하던 대로 하면서 날만 보낸다면 나이가 다하여 죽을 때까지 어찌 성취하는 바가 있으랴!

맞는 말이지만 매섭다. 타협의 여지가 보이지 않는다. 이황은 좀 달랐다. 이황은 제자 이함형에게 쓴 편지에서 이렇게 말했다.

너무 서두르지도 말고, 어려움을 꺼리지도 말며, 한 번 알지 못했다고 곧바로 포기하지도 말고, 그저 하던 걸 그대로 하면서 나아가십시오… 그렇다고 해서 공부를 고생스럽게만 할 게 아니라, 때로는 한가하게 쉬면서 정서를 함양할 필요가 있습니다.

이황은 제자들에게도 늘 존댓말을 썼다. 남의 말을 다 들은 후에야 입을 열었다. 이쯤 썼으면 짐작했겠다. 우리같이 미욱한(?) 보통 사람들에게 어떤 스승이 더 좋을지 말이다.

그렇다. 나는 이황을 선택했다. 엄격하면서도 따뜻한 이황을, 실패의 경험을 가진 이황을 스승으로 선택했다. 무시무시한 덕담을 끝으로 서문을 마친다.

부디 여러분도 이황 같은 사람이 되기를 바란다.

첫 번째 편지

마당을 쓸면서도 돌석의 마음은 온통 사립문에 가 있었다. 문짝이 삐거덕거리는 소리만 나면 싸리비를 내팽개치고 재빨리 문으로 달려갔다. 바람의 짓궂은 장난임을 확인한 뒤에도 미련을 버리지 못하고는 고개 쭉 빼고 산 아래로 난 길을 쳐다본 후에야 다시 싸리비를 잡은 것이 벌써 예닐곱 번을 훌쩍 넘었다. 그 바람에 한 식경 전에 끝났어야 할 마당 청소는 여태 반절도 마치지를 못했다. 방문을 열어 놓고 책을 읽던 이함형이 그런 돌석을 보고 쓴소리를 내뱉었다.

"돌석아, 한 가지 일을 할 때는 그 일에 전념하여 다른 일이 있음을 알지 못하도록 하라는 선생님의 말씀은 귓등으로 들었더냐?"

"어허, 그런 말씀 마십시오. 하루에도 수백 번은 절 붙잡아 놓고 노상 그 말씀을 하시는데 어찌 그걸 귓등으로 흘러듣겠습니까? 귓속에 차곡차곡 쌓아 놓았으니 염려 마십시오."

"요 녀석 보게. 언중유골이라더니 네 말이 그다지 공손하게 들리지는 않는구나."

"역시 눈치가 빠르시구먼요. 아휴, 선생님께 듣는 잔소리만으로도 귀에 인이 박일 지경입니다. 그러니 진사님께서는 그저 보고도 못 본 척, 들어도 못 들은 척…."

"맹랑한 녀석, 한 마디도 지지 않고 꼬박꼬박 말대답하는 것 좀 보게."

"오늘따라 하시는 말씀이 어째 좀 까칠하십니다. 이왕지사 말이 나왔으니 그럼 저도 한 마디 하겠습니다. 그러는 진사님께서는 왜 책을 읽으면서 자꾸 사립문 밖 기척에 신경을 쓰시는 겁니까? 저기 보이는 저 낙락장송 밑에 주먹만 한 황금 덩어리라도 숨겨 놓았답니까?"

"그게 대체 무슨…."

"제 두 눈으로 똑똑히 본 것이니 발뺌할 생각일랑은 아예 마십시오. 스스로 몸 닦기를 채근하면서도 남의 허물에 대해서는 말하지 말라는 선생님의 말씀을 진사님께서는 그새 까맣게 잊으셨단 말입니까?"

선생의 말씀을 인용한 돌석의 날카로운 지적에 이함형은 더 이상 맞불 놓는 것을 포기하고 헛웃음을 지으며 패배를 선언했다. 돌석은 그가 눈치채지 못하도록 등을 돌리고는 조용히 키득키득거렸다.

이함형은 선생의 제자들 중 상당히 어린 축에 속했다. 올해 나이 약관을 갓 지난 스물하나이니 돌석보다는 겨우 다섯 살 많은 셈이었다. 하지만 나이가 많지 않다고 그를 설익은 애송이로 넘겨짚어서는 안 되었다. 그는 가문과 학식, 그리고 인품 등 선비의 삼박자를 제대로 갖춘 인재 중의 인재였다.

대사헌을 지낸 이식의 아들인 이함형은 소과 초시와 부시를 모두 장원으로 급제했을 뿐 아니라, 선생의 문하에 든 후로도 선생의 《심경》 강의에 자신만의 독특한 견해를 가미해 《심경강록》을 편찬해 내는 등 탁월한 학문적 재능을 발휘했다. 거기에 더해 늘 겸손하고 꾸밈없는 태도로 뭇 사람들의 호감을 사기까지 했으니 하늘이 낸 인물이라 불러도 과언은 아니었다.

이함형의 태도는 돌석 같은 천출들을 대할 때도 특별히 달라지지 않았다. 선생 곁에서 시중을 드는 돌석을 마치 친동기처럼 무람없이 대하는 그였다. 돌석이 그 앞에서 마음 놓고 입방정을 떨 수 있는 것도 그의 성향을 아주 잘 알기에 가능한 일이었다.

하지만 그것이 전부는 아니었다. 사실 돌석이 이함형을 유난히 친근하게 여기는 데에는 또 다른 중요한 이유가 있었다.

그는 선생의 제자들 중 돌석의 공부에 관심을 갖는 유일한 인물이었다. 돌석이 혼자서 《천자문》을 떼었다는 사실을 우연히 알게 된 그는 자신이 어릴 적 읽은 《소학》을 건네주는 뜻밖의 호의를 베풀었다. 물론 돌석은 그에게 자신이 이미 《소학》은 혼자 힘으로 다 떼었으며, 비록 떠듬거리는 수준이기는 하지만 지금은 《대학》과 《논어》를 같이 읽는 중이라는 사실을 밝히지는 않았다. 사대부 전용 인생 지침서나 다름없는 《대학》과 《논어》를 머리에 피도 마르지 않은 종놈이 읽는다는 것은 유난히 속 넓은 이함형으로서도 쉽사리 용납할 수 있는 일은 아닐 터였다.

다른 때보다 몇 배의 시간을 더 들여 간신히 마당 청소를 마친 돌석은 툇마루에 엉덩이를 붙이고는 아예 사립문 쪽에 두 눈을 못 박았다. 얼마 후면 저 사립문이 열리고 돌석과 이함형이 밤새 기다린 그 누군가가 오가산당 안으로 들어서리라.

선생은 그 인물의 정체에 대해 말을 아꼈다. 공부에 목말라하는 자라고 넌지시 밝히기는 했으나 사실 그런 정보는 있으나마나 한 것이었다. 선생을 찾는 사람들 중에 공부에 목말라하지 않는 이가 어디 단 한 명이라도 있었던가. 공부에 뜻을 둔 이들이 이름난 스승을 찾아 꾸역꾸역 모여드는 것은 끼니를 먹을 때가 되면 배에서 꼬르륵 소리가 나고, 배불리 잘 먹은 뒤에는 뒷간에서 시원하게 똥을 뽑아내는 것처럼 지극히 당연한 일이었다. 그러니 공부에 목말라하는 자가 찾아오리라는 선생의 말씀은 실은 그 사람에 대해 아무것도 말해 주지 않겠다고 선언하는 것이나 다름없었다.

선생의 모호한 언사 덕분에 성실함에서는 둘째가라면 서러워할 돌석이 사립문짝 흔들거리는 소리만 듣고도 가슴이 벌렁벌렁 뛰는 것을 주체하지 못해 싸리비질을 멈추고 정신 나간 놈처럼 고개를 이리저리 돌려 댄 것이고, 어릴 적부터 충실한 교육을 받은 덕분에 부화뇌동을 금기 중의 금기로 여긴다는 진중한 이함형마저도 책을 읽는 중간중간 고개를 들어 사립문 너머의 동정을 살펴보는 사태에 이르게 된 것이다.

철들기 전부터 선생 곁에서 온갖 시중을 들어온 돌석이지만 선생이 이렇듯 은밀하게 사람을 불러들이는 일은 이번이 처음이었다. 따지고 보면 이번 청량산 행차부터가 평소와는 다른 파격의 연속이었다. 선생은 떠나기 전날이 되어서야 제자들을 완락재로 불러들여 청량산 방문 계획을 밝혔다. 제자들은 너 나 할 것 없이 한마음으로 선생을 말리고 나섰다.

선생의 나이 이미 일흔이었다. 두보인가 뭔가 하는 중국 시인이 '인생칠십고래희人生七十古來稀'라 읊었듯 일흔은 결코 적은 나이가 아니었다. 선생의 건강도 문제였다. 원래부터 심약한 체질인 데다가 젊은 시절 지나치게 공부에 몰두하다 몸을 상한 뒤로는 온갖 잔병이 진드기처럼 찰싹 붙어 떠날 줄을 모르는 상태였다. 선생이 임금의 부르심을 거절하면서 항상 이유로 내세운 것도 바로 온전하지 못한 건강이었다.

산행을 하기에는 자연의 상태 또한 적당하지 않았다. 여름의 초입임에도 유달리 뜨거운 날들이 계속되었고, 열기를 식혀 주어야 할 하늘에서는 한 달 넘도록 시원한 빗줄기 한 번 내려 주지 않았다. 물 한 방울을 바라는 농민들의 호소가 첩첩산중이나 마찬가지인 서당 마당까지 큰 소리로 울려 퍼질 지경이었다. 게다가 청량산은 서당이 자리한 도산으로부터 한나절은 족히 가야 하는 거리에 있었고, 가파른 능선과 험한 계곡들이 줄줄이 이어져 대낮에도 정신을 바짝 차리지 않으면 봉변을 당하기 십상이었다. 그런 상황에서 갑작스레 서당을 떠나 청량산에 머물겠다고 일방적으로 통보한 것에 대해 제자들이 반대하고 나선 것은 스승을 아끼고 염려하는 것을 최고의 가치로 여기는 그들의 도리로 볼 때 지극히 당연했다.

이상한 것은 선생의 반응이었다. 모두 반대하는데도 선생은 좀처럼 생각을 바꾸지 않았다. 항상 제자들의 의견에 귀 기울이며 자신의 견해를 조정하던 선생이 뜻밖에 완강한 태도를 보이자 제자들도 그쯤 해서 자신들의 주장을 덮고 선생의 뜻을 존중하는 쪽으로 방향을 틀었다. 무슨 일이 있더라도 가고야 말겠다는 선생의 의지를 확실하게 읽었기 때문이다.

어렵사리 산행이 결정되자 선생을 따라가겠다는 제자들이 줄을 이었는데, 선생은 이함형만 데리고 가겠다는 뜻을 밝힘으로써 또 한 번 제자들을 충격에 빠뜨렸다. 웬만한 일에서는 선생의 결정에 토를 달지 않는 제자들이지만 이번에는 달랐다. 눈물까지 흘려 가며 제발 생각을 바꿔 달라고 간곡하게 요청하는 제자도 있었고, 이함형이 빛나는 인재이기는 하나 선생의 문하에 든 지 두 해도 채 안 되었음을 지적하며 선생의 결정에 노골적으로 불만을 표하는 제자도 있었다.

평소의 선생이라면 그런 제자들에게 청량산에 가야 하는 이유는 물론이고 많은 제자들 중 유독 나이 어린 이함형만을 데리고 가는 이유를 모두 납득할 때까지 상세하게 설명했을 것이다. 그러나 선생은 평소의 선생이 아니었다. 선생은 초지일관 묵묵부답으로 그들의 읍소와 강권을 무시했다. 그런 소란을 거쳐 선생과 이함형, 그리고 돌석 세 사람만이 서당을 떠나 청량산 중턱의 오가산당에 도착한 것이 바로 지난밤이었다.

선생의 기행은 그것으로 끝이 아니었다. 짐도 풀지 않은 채 선생은 이함형과 돌석을 방으로 불러들였다. 제자인 이함형을 부르는 것이야 이상할 것 없었지만 돌석을 함께 불러들인 것은 의외였다. 돌석의 가슴이 저도 모르게 콩닥거렸다.

선생은 좋게 말하면 꼼꼼했지만 조금 나쁘게 말하면 잔소리꾼이기도 했다. 서당 여기저기를 살펴보다 무엇인가 마음에 들지 않는 사항을 하나라도 발견하면 돌석을 불러다 놓고 일의 순서며 방식 등에 대해 한없이 긴 설교를 반복해 늘어놓는 게 선생의 특징이었다. 나직한 목소리로 끝도 없이 이야기하는 바람에 살짝 고개를 떨어뜨리고 두 눈을 꾹 감을 뻔한 기억도 여러 번이었다.

돌석은 자신이 선생의 심기를 거스를 만한 잘못을 저질렀음이 분명하다고 지레짐작했다. 그게 아니라면 선생이 도착하기가 무섭게 돌석을 부를 이유가 없었다. 돌석은 한바탕 지루한 잔소리를 각오하고 들어갔는데, 그를 기다리고 있는 것은 꿈에도 생각지 못한 놀라운 사건이었다.

이함형과 돌석의 절을 받은 선생은 서안 위에 올려져 있던 종이 뭉치를 돌석에게 내밀었다.

"앞으로 나흘 동안 청량산에 머물 것이니라. 공부에 관한 작은 가르침을 몇 번 베풀 터인데 그 가르침들을 돌석이가 기록으로 남겼으면 한다."

돌석은 선생의 말을 잘못 들었나 싶어 자기도 모르게 고개를 들었다. 당황한 이는 돌석만이 아니었다. 돌석이 뭐라 답하기도 전에 이함형이 끼어들었다. 유난히 희고 기다란 그의 얼굴이 잔뜩 상기되어 꼭 당근처럼 보였다.

"선생님, 가르침을 기록하는 일이라면 제가 하도록 하겠습니다. 그것이….”

“내 말을 잘못 들었나 보구나. 나는 돌석이에게 시키는 일이라 했다. 돌석아, 가르침을 귀 기울여 들었다가 핵심을 잘 간추려 기록을 해라. 그런 뒤 매일 밤 내게 와 확인을 받도록 하고. 알겠느냐?”

선생은 이함형의 말을 단칼에 잘라 버리고는 계속 돌석만 상대했다. 돌석은 선생이 다른 사람의 말을 중간에서 끊는 것을 처음 보았다. 선생은 돌석같이 천한 이들의 사소한 말들도 끝까지 들은 뒤에야 비로소 자신의 의견을 밝히곤 했다. 이함형의 입이 살짝 벌어졌다. 선생이 없는 자리에서 제자들은 이함형을 소학 동자라 불렀다. 생활 속에서 소학을 완벽하게 실천한다 해서 붙은 별명이었다. 웬만해서는 감정의 기복을 드러내지 않는 그에게서 쉽사리 볼 수 없는 흐트러진 모습을 지금 목격한 것이다.

돌석은 난감했다. 서당 기숙사인 농운정사에 머무는 제자들 중 그나마 사이가 좋던 이함형과의 관계도 이것으로 끝나고 마는 것일까. 돌석은 답답했다. 선생이 왜 자신을 이토록 난처한 처지에 몰아넣는 것인지 그 이유라도 안다면 답답증이 훨씬 덜할 것 같았다. 하지만 선생에게 대놓고 싫다고 고개를 저을 수 있는 처지가 못 되는 탓에 돌석은 선생이 내미는 종이 뭉치를 일단 받아 두었다. 잔뜩 흥분한 말벌 수십 마리가 한꺼번에 머릿속을 헤집으며 날아다니는 바람에 자신에게 닥친 상황의 의미를 정확히 분석해 내기란 불가능에 가까웠다.

"잘할 수 있겠지?"

"해 보기는 하겠습니다만….”

대답을 하다 말고 돌석은 저도 모르게 한숨을 쏟아 냈다. 생각하면 생각할수록 어처구니없는 일이었다. 물론 지금껏 배워 온 모든 것을 짜내어 끙끙거린다면 선생의 가르침을 그럭저럭 비슷하게 기록해 낼 수는 있으리라. 문제는 그런 식의 정리가 도대체 무슨 의미가 있겠느냐는 것이었다. 돌석이 머리를 짜내어 나온 기록이 제대로 된 것일 리 만무했다.《대학》과《논어》를 읽는다고는 했지만 떠듬거리며 글자 모양이나 익히는 것이지 그 의미를 온전히 알고 읽는 것은 아니다. 그런 수준으로 선생의 가르침에 담긴 깊고 깊은 의미까지 파악해 낸다는 것은 한마디로 어불성설이었다.

돌석은 갑작스레 짚이는 것이 있어 선생의 얼굴을 찬찬히 살펴보았다. 이즈음 선생의 건강 상태는 유난히 좋지 않았다. 얼마 전에는 자리에서 일어나다 갑자기 정신을 잃고 쓰러지는 바람에 보는 이들을 식겁하게 한 적도 있다. 다행히 지금의 선생은 그 정도로 나빠 보이지는 않았다. 얼굴에 붉은 기운이 살짝 감도는 것이 오히려 평소보다 훨씬 좋아 보이기까지 했다.

"아무래도 부족한 점이 없지는 않을 것일세. 이 군이 돌석이가 잘 해낼 수 있도록 도와주게나."

평소의 투명한 얼굴로 돌아온 이함형이 이번에는 순순히 선생의 결정을 받아들였다.

"알겠습니다. 최선을 다해 돕도록 하겠습니다."

그것으로 두 사람을 경악케 한 뜻밖의 사건은 대강 마무리되는 듯싶었다. 그러나 그것은 그저 시작에 불과했다. 선생은 깊은숨을 들이마신 후 방 안을 초토화시키기에 충분한 초강력 불화살을 쏘아 댔다. 그 열기로 방 안은 다시 한번 후끈 달아올랐다.

"공부에 목말라하는 이 몇몇이 오가산당을 방문할 것이니라. 내게 편지를 보내 가르침을 청한 자들이 많은데 늘 미루기만 해서 마음에 걸렸다. 그들이 보낸 편지들을 다시 한번 꼼꼼히 읽은 뒤 몇 사람을 선별하여 이곳으로 오라 했으니 그리 알고 준비하도록 해라."

"서당으로 오라 하면 될 텐데 굳이 선생님께서 오가산당까지 내왕하신 이유는 무엇입니까?"

선생의 말이 끝나기가 무섭게 이함형이 질문을 던졌다. 파르르 떨리는 목소리는 그가 선생의 연이은 깜짝 발언에 크나큰 충격을 받았음을 확실하게 알려 주는 결정적 증거였다.

"이 군, 하나부터 열까지 그 이유를 모두 일러 주어야만 속이 시원하겠는가?"

"그런 건 아닙니다만…."

"가만히 지켜보고 있으면 되네. 시간이 지나면 이 늙은이가 왜 이런 일을 벌였는지 자연스럽게 깨닫게 될 것이니 너무 조바심을 내지는 말게."

"알겠습니다."

"오랜만에 산행을 했더니 제법 피곤하구나. 오늘은 그만들 물러가거라."

말을 마친 선생은 고비에 잘 정리되어 있는 편지들 중 한 통을 꺼내 읽기 시작했다. 두 사람 쪽으로는 눈길조차 주지 않았다. 더 이상 대화를 나눌 마음이 없다는 우회적 표현이리라. 이함형과 돌석의 가슴속에는 묻고 싶은 말들이 청량산 높이만큼 쌓여 있었지만 편지 읽기에 몰두하는 선생은 그들의 궁금증을 더 이상 해결해 줄 의향이 없어 보였다. 두 사람은 선생에게 공손히 절을 올리고 조용히 방을 나왔다.

두 사람의 까맣게 타들어 가는 속을 아는지 모르는지 사립문은 좀처럼 열릴 기미를 보이지 않았다. 돌석은 고개가 젖히도록 늘어지게 하품을 했다. 밤새 전전반측하느라 잠을 제대로 이루지 못한 탓이었다. 알쏭달쏭하기만 한 선생의 말뜻을 헤아리기도 버거운데 옆자리에 이함형까지 등을 맞대고 누워 있으니 더더욱 고역이 아닐 수 없었다.

서당에 온 이래 늘 승승장구하던 이함형에게 무안에 가까운 선생의 면박은 크나큰 상처가 되었으리라. 속내를 듬뿍 담은 따뜻한 말로 그의 상처를 조금이라도 덮어 주고 싶은 마음이 굴뚝같았지만 돌석의 짧은 지식으로는 제대로 된 위로의 말조차 찾아내기 어려웠다. 괜히 말을 잘못 꺼냈다간 오히려 화만 돋울 수도 있겠다는 것이 기나긴 고민 끝에 돌석이 내린 결론이었다. 두 사람은 그렇게 어색한 상태로 밤을 보냈고, 끙끙대던 돌석은 닭이 울 무렵이 되어서야 간신히 눈을 붙였던 것이다. 돌석은 눈가에 맺힌 눈물을 소매로 쓱쓱 닦고는 씩씩한 목소리로 이함형에게 말을 걸었다.

"선생님의 가르침을 기록으로 남기는 일은 아무래도 진사님께서 하시는 게 좋을 듯합니다."

"그건 다 끝난 이야기 아니더냐?"

"도대체가 말이 되지 않습니다. 공부에 일가를 이루신 진사님을 두고 왜 제가 그 어려운 일을 합니까? 제 공부라야 혼자서 《천자문》을 뗀 것이 전부인데. 거기다가 그 일 말고도 제겐 할 일이 많단 말입니다. 끼니때마다 식사도 준비해야 하고, 선생님 타실 말도 돌봐야 하고….

"선생님께서 진수성찬이라도 원하시더냐? 고작 추반(거친 곡식으로 지은 밥)과 미역국, 무, 가지면 되는데 뭘 그리 투정을 부리는지 알 수가 없구나. 찬거리들은 선생님 댁에서 다 가져왔으니 네놈은 그저 때맞춰 밥이나 지으면 될 것을. 말 돌보는 일까지 내세우는 걸 보니 평소에도 불만이 많았던 모양이구나."

"그럴 리가 있겠습니까? 다만….'"

"돌석아, 선생님께서는 결코 생각 없이 일을 맡기시는 분이 아니다. 내 어제 그 말씀을 들었을 때에는 도대체 왜 그러시나 싶어 잠시 화가 나기도 했다. 그런데 밤새 곰곰 생각해 보니 선생님께서 그리하신 데에는 분명 그럴 만한 연유가 있을 것이라는 결론이 나왔다. 그러니 너도 더 이상 군말 말고 선생님의 말씀을 따르도록 해라."

어젯밤의 미묘한 앙금 따위는 찾아볼 수 없는 편안한 말투였다. 불편하고 힘들어야 마땅할 이함형까지 그렇게 나오니 돌석으로서도 더 이상 선생의 조치에 대해 노골적인 불만을 표하기는 어려웠다. 이제는 그저 이함형의 말대로 선생의 지시를 묵묵히 따르기만 하면 될 터였다.

돌석이 고개를 끄덕이며 다시 사립문 쪽을 쳐다보는데 누군가 조심스럽게 문을 열고 안으로 들어서는 것이 보였다. 돌석은 툇마루에서 벌떡 일어났다. 그 사람은 돌석을 보더니 머리를 긁적이며 사람 좋은 웃음을 지어 보였다. 돌석도 잘 아는 그는 마을에서 대장장이 일을 하는 배순이었다. 배순의 인사를 받은 이함형은 잠시 안부를 묻고는 읽던 책에 다시 머리를 파묻었다. 한순간에 긴장이 풀린 돌석은 배순에게 다가가 반갑게 인사를 건넸다.

"아저씨, 마을에서만 뵙다가 산중에서 뵈니 평소보다 두 배는 더 반갑네요. 그런데 아침부터 어쩐 일이십니까?"

"으음, 그게… 우선 이것부터 받아라."

대답을 하다 말고 주저주저하는 것이 평소의 씩씩한 모습과는 너무도 달랐다. 배순은 육중한 몸매에 걸맞게 한마디로 시원시원한 성격을 지닌 사람이었다. 대장간을 찾아오는 손님들에게는 늘 큰 소리로 인사를 건넸고, 재미있는 농담이라도 들었다 싶으면 동네가 떠나가라 크게 웃어 댔다. 그 바람에 예의범절을 목숨보다 중시하는 양반들의 눈총을 받은 적도 한두 번이 아니지만 타고난 그의 호탕한 성품은 속 좁은 위인들의 몇 차례 호통으로 움츠러들 것이 아니었다.

그런데 호방하기로 치자면 마을의 으뜸일 그가 웬일인지 인사말조차 제대로 끝내지를 못하고 더듬거리고 있으니 무엇인가 사단이 나도 단단히 난 것이 분명했다. 돌석은 배순이 건네는 낫과 쟁기를 받아 들었다. 잘 벼려진 농기구들이 배순의 뛰어난 실력을 증명해 주었다. 그러나 지금은 농기구의 상태를 평가할 때가 아니었다. 받으라고 해서 엉겁결에 받기는 했지만 돌석은 이내 고개를 갸웃거렸다.

"그런데 이것들은 다 뭡니까? 제가 부탁드린 적은 없는 것 같고…. 혹시 늣손이 아저씨가 주문한 물건인가요? 그렇다면 이쪽으로 오시면 안 되지요."

늣손이 아저씨는 선생 댁 살림을 총괄하는 청지기니 돌석의 상관인 셈이었다. 돌석만 보면 못 잡아먹어 안달인 사람이 바로 늣손이 아저씨지만 눈치가 빨라 일처리 하나는 끝내주었다.

"그런 건 아니야. 그저 맨손으로 오기가 쑥스러워서…."

배순의 목소리가 또 기어들어 갔다. 돌석은 지금 닥친 상황이 도무지 이해가 되지 않아 두 눈만 끔벅거렸다. 하루가 멀다 하고 마주치는 사이에 맨손으로 오기가 쑥스럽다는 것은 또 무엇인가. 그리고 그 말을 하는 것이 또 뭐 그리 부끄럽다고 몸까지 배배 꼬아 대는 것인가. 이는 호랑이가 어울리지 않게 고양이 흉내를 내는 꼴이었다. 하도 유별나게 구는 까닭에 눈앞에 있는 사람이 돌석이 아는 바로 그 배순이 맞는지 확인하기 위해 두툼한 얼굴을 세게 꼬집어 봐야 할 판이었다.

"혹시 선생님을 만나 뵈러 온 겐가?"

이함형이 두 사람의 알쏭달쏭한 문답에 끼어들었다. 책을 읽고 있으면서도 두 사람이 주고받는 이야기는 하나도 놓치지 않은 모양이었다. 이함형의 질문을 듣는 순간 돌석의 머릿속에 번쩍하고 번개가 치더니 신 내린 무당처럼 갑작스러운 깨달음이 찾아왔다.

"아니 그럼…. 아저씨, 정말 선생님을 만나 뵈러 오신 건가요?"

배순이 아무 말 못하고 살며시 고개를 돌렸다. 돌석은 이함형이 잘못 판단했기만을 바라며 계속 배순을 다그쳤다.

"혹시 선생님께 가르침을 받으러 오신 것은 아니지요?"

"가르침을… 받으러 왔지."

"네?"

돌석은 너무도 어처구니가 없어 벌린 입을 제대로 다물지도 못했다. 선생의 문하에는 이름만 대면 누구나 고개를 끄덕거리는 명망 있는 가문의 자제들이 수두룩했다. 거기에 저마다 수재임을 자처하며 농운정사에 빈자리가 나기만을 기다리는 선비들 또한 과장을 보태자면 밤하늘 은하수보다 더 많았다. 그런 상황에서 일개 양민에 지나지 않는 대장장이에게 선생이 직접 나서서 가르침을 베풀려 한다는 것은 신분을 중시하지 않는 선생의 열린 성향을 감안한다 해도 도무지 말이 되지 않았다.

"무엇인가 착오가 있었던 것 같네. 잠시만 기다려 보게나."

이함형이 난처한 상황을 수습하려 애를 썼다. 키가 큰 그의 몸이 순간적으로 휘청거린 느낌이었다. 차분하게 응대하고 있지만 속내는 그렇지 않아 보였다. 이함형은 우선 선생이 눈치채지 못하도록 배순의 허리에 팔을 두른 뒤 사립문 쪽으로 걸음을 옮겼다. 그 순간 선생이 모습을 나타냈다. 선생은 신을 신고 마당으로 내려섰다.

"이 군, 이리로 모시게."

"네?"

"나를 찾아오신 손님일세."

"그렇기는 하지만…."

배순이 다가오자 선생은 두 손을 모으고 깍듯이 고개를 숙여 보였다.

"청량산인 이황이외다. 안으로 들어오시지요."

심의를 입고 정자관을 쓴 채 정좌한 선생 앞에 배순과 이함
형이 나란히 앉고 돌석이 두 사람 조금 뒤에 자리했다. 선생
의 방은 서당의 거처인 완락재와 비교할 때 크기는 약간 더
컸지만 정갈한 면에서는 전혀 차이가 없었다. 동쪽 벽에 나란
히 걸려 있는 백낙천의 시구 '번거로움을 막는 데는 고요함보
다 나은 것이 없고, 못난 것을 막는 데는 부지런함보다 나은
것이 없다'와 주자의 《경재잠》, 책들이 가지런히 줄 맞춰 정
리되어 있는 책장 등은 선생이 피워 놓은 향내와 잘 어우러졌
다.

세속에 시달렸던 마음은 방 안에 들어서는 순간 저절로 차
분하게 가라앉았다. 지금이 아니라 평소에는 분명 그랬다는
것이다. 오늘은 달랐다. 선생의 방은 변함이 없었지만, 변한

것은 돌석의 상태였다. 무릎 꿇고 가만히 방에 앉아 있는데도 어찌 된 일인지 절벽 끝에 간신히 매달려 있는 것처럼 힘이 들고, 거기에 더해 숨까지 콱콱 막혀 왔다. 주위 낌새를 보니 돌석만 그런 기분에 빠져 있는 것은 아닌 듯했다. 아침 내내 평온했던 이함형의 얼굴은 간신히 화를 참고 있는 사람처럼 부자연스럽게 굳어 있었다. 소학 동자란 별명은 아무래도 다른 이에게 넘겨주어야 할 판이었다. 배순은 죄지은 사람처럼 고개를 푹 숙이고 있는 것도 모자라 쉴 새 없이 입을 쩝쩝거리며 마른침을 삼켜 댔다. 속이 터질 것만 같은 불편함을 깨뜨린 것은 선생이었다.

"제게 편지를 보내셨지요?"

"네."

"공부를 시작해 보고 싶은데 도무지 어디서부터 어떻게 해야 할지 모르겠다고요."

"네, 그랬지요. 그런데…."

"그런데요?"

"아휴, 선생님처럼 뛰어나신 분은 제 마음을 짐작도 못 하실 겁니다. 술김에 편지를 보내기는 했는데 막상 편지를 드리고 나니 괜히 보냈다는 생각이 들어 하루에도 수백 번씩 땅을 치고 후회를 했습니다. 한마디로 주책이었지요. 마흔에 이르도록 일자무식으로 살아온 주제에 뭔 영화를 보겠다고 이제

와 공부를 하겠다는 겁니까? 이도 안 난 제 손자새끼가 낄낄 낄 비웃을 일이지요. 나이도 나이지만 더 큰 문제는 제가 미 욱하기 그지없다는 것입니다. 몸 쓰는 일은 그 누구에게도 뒤 처지지 않을 자신이 있지만 머리 쓰는 일은 영 젬병입니다. 설령 선생님께서 저 같은 놈을 미쁘게 봐주셔서 가르침을 베 풀어 주신다 해도 그걸 한입에 덥석 받아먹을 감냥조차 안 된 다, 이 말씀입니다. 그런데 어쩌자고 겁도 없이 덜컥 편지를 드렸는지…."

일단 말문이 터지자 배순은 원래의 모습을 되찾았다. 긴장 이 풀린 그는 거침없이 말을 이어갔다. 선생은 웃음을 띤 채 배순의 말에 귀를 기울이고 있었다.

"그런데 말입니다. 그렇게 잔뜩 후회를 하다가도 다음 날이 되면 또 생각이 달라지는 겁니다. 나라고 뭐 안 될 것도 없지 않나, 하는 생각이 뾰족한 바늘이 되어 제 가슴을 쿡쿡 찔러 대는 것이죠. 바늘 하나를 부러뜨리면 또 다른 바늘이 찔러 대고, 그걸 부러뜨리면 또 다른 바늘이 킬킬 웃으며 등장하는 것입니다. 선생님, 제가 대장장이 일을 하면서 가장 듣기 싫 은 말이 뭔지 아십니까?"

이 대목에서 배순의 목소리는 방 안에 쩡쩡 울릴 정도로 커 졌다. 말을 가려 할 줄 모르는 배순이 혹여 불경한 말이라도 내뱉을까 싶어 돌석은 잔뜩 긴장했지만 선생은 허리를 꼿꼿

이 편 자세로 배순을 주시할 뿐이었다.

　"그건 바로 '무식한 놈'이란 말입니다. 제가 워낙 기골도 장대하고 목소리도 큰 데다 쇠붙이를 다루는 탓에 제 앞에서는 대놓고 뭐라 하는 사람이 없습니다. 그러나 돌아서면 사정은 다릅니다. 아이들조차 저를 두고 천하에 무식한 놈, 하늘 천, 땅 지도 모르는 그놈 이름은 배순, 해 가며 노래를 불러 댑니다. 그 아이들이 어디서 그걸 배웠겠습니까? 제 부모들에게서 아니겠습니까? 비겁한 인간들 같으니라고. 다 낡아 빠진 쟁기를 들고 와 고쳐 달라고 부탁할 때는 살살거리기만 하더니. 이왕 말이 나왔으니 이 말씀은 꼭 드리고 넘어가야겠습니다. 지금은 제가 대장장이 일로 입에 풀칠을 하며 지내고 있지만 이래 봬도 저희 가문은 뼈대 있는 집안이었습니다. 8대조인가 9대조인가 하는 조상님은 왕씨들 나라에서 높은 벼슬도 하셨다니까요. 절도 뭐라나…. 아무튼 선생님, 부탁드립니다. 소원이니 제발 무식한 놈 소리라도 안 듣게 해 주십시오. 이대로 지내다가는 손자 놈이 제 얼굴에 침 뱉기인 줄도 모르고 아이들이 부르는 노래를 신나게 따라 부를 판입니다. 저도 할아비인데 그래서야 되겠습니까?"

　배순의 목소리가 잦아든다 싶더니 어느새 훌쩍거리고 있었다. 늘 듬직하고 화통하기만 한 배순에게서 처음으로 보는 눈물이었다. 돌석의 마음도 덩달아 찡해졌다. 무식한 놈 소리에 마음이 상했다는 이야기는 배순에게만 해당되는 것이 아니었다. 돌석이 하루에 수십 번도 더 듣는 말 또한 바로 그것이었다. 더욱 가슴 아픈 것은 그 무식한 놈 소리를 퍼부어 대는 자들이 돌석과 같은 처지에 있는 노비들이라는 사실이었다.

늘 그들과 함께 생활하는 돌석으로서는 그들이 공부에 대해 막연한 반감을 품고 있다는 사실을 잘 알았다. 그런 까닭에 가능하면 들키지 않게 숨어서 공부하려 했지만 하루 종일 붙어 지내다시피 하는 상황에서 혼자만의 비밀을 간직하기란 애초부터 불가능했다.

돌석이 책을 들고 양반처럼 공부를 한다는 소식은 미처 손쓸 새도 없이 빠르게 다른 노비들에게 퍼져 버렸다. 애쓴다며 격려하는 이들도 가뭄에 콩 나듯 한둘은 있었지만 대개는 드러내 놓고 비웃기 일쑤였다. 그때마다 양념처럼 따라다니는 말이 바로 무식한 놈이 잘 보이려고 별짓 다 한다는 소리였다. 무식한 놈은 그저 무식하게 살아야 하는 법이라는 게 그들의 굳건한 믿음이었다. 남의 속도 모르고 퍼부어 대는 엉뚱한 추측과 돌처럼 단단한 편견에 화가 나 대들어 보기도 했지만 주먹다짐으로야 여물 대로 여문 그들을 당해 낼 수 없었다.

"너무 늦은 것은 아닐까 걱정이 되신다는 거로군요, 허허.

확실히 말씀드리지요. 나이가 많은 것은 공부를 시작하는 데 아무런 장애가 되지 않습니다. 가장 중요한 것은 하고자 하는 마음입니다. '배움은 마치 닿지 못하는 것처럼 하며, 잃어버릴까 안달하듯 해야 하느니'라는 구절이 《논어》에 나옵니다. 스스로 안달복달하지 않는 사람은 결코 공부를 잘할 수가 없다는 것이지요. 그런가 하면 이런 구절도 있습니다. 조급해하지 않으면 열어 주지 않고, 말로 표현하려 애쓰지 않으면 통거 주지 않는다. 그러니 스스로 공부하고 싶어 조급해하고 안달복달하는 그대 같은 사람이야말로 진정으로 공부할 자격이 있는 사람입니다."

선생의 따뜻한 말에 배순은 끊임없이 고개를 끄덕거렸다. 조금 전 눈물로 얼룩졌던 얼굴이 이제는 감동으로 환히 빛나고 있었다.

"미욱하다고 하셨지요? 그 말을 듣고 보니 문득 생각나는 이야기가 하나 있습니다. 주자께서 제자들과 함께 산에 올랐을 때의 일입니다. 언덕에 풀이 무성하게 자라 있는 것을 본 주자께서는 제자들을 시켜 풀을 뽑게 했습니다. 제자들은 조금은 엉뚱한 스승의 명령에 의아해하면서 풀을 뽑았겠지요. 얼마 후 거의 모든 제자들이 일을 다 마쳤습니다. 단 한 사람만 제외하고요. 주자께서는 그만 멈추라고 말씀하셨습니다. 그런 뒤 제자들을 모아 놓고는 이렇게 물었습니다. '일을 가장 빨리 한 사람은 누구인가?' 하고요."

선생은 그 대목에서 잠시 말을 멈췄다. 배순은 자신에게 질문하는 것으로 받아들였는지 화들짝 놀랐다. 그런 뒤 괜히 얼굴이 벌게져서는 "글쎄요, 아직 공부를 시작하지 않은 터라 그것까지는…."이라는 엉뚱한 대답으로 얼버무렸다. 돌석은 웃음이 튀어나올까 봐 재빨리 손으로 입을 막았다.

"제자들은 서로 자기가 가장 먼저 끝냈다고 대답했습니다. 주자께서는 고개를 저었습니다. 그러더니 '내가 보기엔 일을 다 마치지 못한 저이가 가장 빨리 일을 한 것이다.'라고 했답니다. 당황한 제자들은 당장 그 이유를 물었겠지요. 이 군, 자네도 《주자어류》를 보았을 테니 다음 내용은 자네가 설명해 주겠나?"

"주자께서는 이렇게 말씀하셨습니다. '일을 빨리한 사람들이 한 일을 자세히 보니 군데군데 풀이 남아 있을 뿐만 아니라 뿌리는 제거하지도 않았다. 풀의 속성을 생각해 보건대 얼마 지나지 않아 무성해질 것이고, 그러면 다시 일을 해야 할 테니 괜히 힘을 낭비하기만 한 것이다. 반면 보기에는 한없이 느린 저이가 한 일을 보니 풀도 완전히 없앴을 뿐만 아니라 뿌리도 제거했다. 다시 할 필요가 없으니 저이가 으뜸인 것이다.' 선생님께서 이 사건에 대해 시로 해설하신 것도 음미할 만합니다. '빠른 사람이 뿌리 남겨 번거롭게 다시 뽑으니, 느린 자만 못하겠네, 처음부터 모조리 뽑아 버린 것만.' 제가 드릴 말씀은 이 정도입니다."

"이 일화의 교훈은 이렇습니다. 미욱하다는 것은 결코 문제가 되지 않습니다. 미욱하다는 말을 방패 삼아 대충대충 할 뿐 열심히 하지도 않는 사람이 정말 문제인 것입니다. 공자 또한 스스로를 일컬어 자신은 결코 태어나면서부터 안 사람이 아니라고 말씀하셨습니다. 또한 공문의 도를 전수한 분은 미욱하다는 평가지 들었던 증자셨습니다. 성현들의 이 같은 예에서 볼 때 우리 같은 범인들은 어떻게 해야겠습니까?"

"죽자고 열심히 해야지요."

"그렇습니다. 그저 틈나는 대로 공부를 하고 또 할 뿐인 것이지요. 부끄러운 이야기를 하나 털어놓겠습니다. 지금은 제자들을 모아 놓고 스승 흉내를 내고 있는 저 또한 사실은 미욱하기 그지없는 사람입니다. 남들은 한 번에 덜컥 붙는 초시에도 세 번이나 떨어졌으니 그 타고난 미욱함이야 더 말해 무엇하겠습니까?"

"네? 과거에 장원급제하신 것이 아니셨습니까?"

"장원은 무슨, 천재로 소문난 율곡이나 여기 앉아 있는 이 군이라면 모를까, 그런 건 처음부터 저와는 거리가 아주 멀었습니다."

"관직에 계셨던 걸 보면 붙으신 것은 분명한데 그러면 대체 어떻게 붙으셨습니까?"

"저를 깨닫게 만든 일이 하나 있습니다. 어느 날 방 안에서 책을 읽고 있는데 밖에서 이 서방, 하고 누가 부르더군요. 저를 부르는 것인가 싶어 문을 열고 밖을 내다보았습니다. 그런데 그 이 서방은 바로 하인 이 서방이었습니다. 그때 저는 깨달았습니다. 가정까지 이루었으면서도 마땅한 호칭 하나 갖추지를 못했구나, 하고요. 그 뒤로는 이전보다 더욱 열심히 공부를 했습니다. 그러니 결과도 따라오더군요."

선생이 자신의 허물마저 숨김없이 털어놓자 납덩이처럼 무겁기만 하던 방 안의 분위기가 완전히 밝아졌다. 돌석은 선생의 말을 한 마디라도 놓치지 않으려 온 정신을 집중했다. 선생이 배순에게 건네는 말 한 마디 한 마디가 돌석의 마음에 사무치게 다가왔다. 마치 선생이 자신을 앉혀 놓고 이야기하는 느낌마저 들 지경이었다.

돌석은 처음 공부를 시작한 때를 떠올렸다. 주로 서당에 머물며 선생을 수발하다 보니 돌석의 눈에 보이는 것은 똑똑하기 그지없는 영민한 제자들뿐이었다. 그런 그들에게 선생 곁에서 잡다한 심부름을 맡아 하는 돌석의 존재는 바람이나 돌멩이만도 못했다. 그즈음에는 이런 일도 겪었다. 유난히 한가하던 날 밤 돌석은 서당의 정원 격인 절우사에 서서 대나무가 바람에 흔들리는 소리를 들었다. 대나무가 흔들리며 잎사귀를 부비는 소리는 흐르는 물소리와 함께 돌석이 가장 좋아하는 것이었다.

그런데 제자들 서넛이 절우사 쪽으로 다가왔다. 돌석은 얌전히 고개를 숙였다. 제자 중 한 명이 돌석의 몸에 부딪힌 뒤 깜짝 놀라는 표정을 지었다. "있으면 있다고 소리라도 낼 것이지!" 하는 역정이 곧바로 이어졌다. 그때는 그저 "죄송합니다."라고 사죄했지만 그들이 지나간 뒤 다시 생각하자 가슴이 적잖이 쓰려 왔다. 돌석은 분명 한참 전부터 거기에 서 있었고, 달도 밝고 길도 좁아 돌석을 보지 못한다는 게 더 어려웠다. 그럼에도 제자들은 돌석의 존재를 깨닫지 못한 것이다.

그 순간 돌석은 사람들에게 자신의 존재는 차라리 '무無'에 가깝다는 사실을 가슴속 깊이 받아들여야만 했다. 무력함에 주먹을 쥐어 보았다. 주먹이 파르르 떨렸다. 웬만한 수모에는 눈 하나 깜짝하지 않는 돌석이지만 그런 식으로 무시당하기는, 아니 존재를 인정받지 못하기는 처음이었다. 돌석은 자신이 돌멩이도 나무도 바람도 아닌, 그들과 마찬가지로 피가 흐르고 땀을 흘리는 사람이라는 것을 보여 주고 싶었다. 허공에 머무는 존재가 아니라 이 땅에 발을 붙이고 사는 사람임을 확실하게 각인시키고 싶었다.

마을에 나가《천자문》한 권을 구해 온 뒤 공부를 시작한 것이 바로 그즈음이었다. 머리 굴리는 데는 제법 빠르다고 자부하던 터라 처음에는 이런 것쯤이야 며칠 만에 끝내 버려야지, 하는 마음이 있었다. 하지만 그런 교만스러운 마음은 며칠 못 되어 흔적도 없이 사라져 버렸다. 《천자문》은 난공불락의 성이나 마찬가지였다. 외우고 또 외워도 성문조차 열기 힘든 나날이 계속되었다. 수도 없이 들었던 무식한 놈 소리만 아니었다면 당장에라도 공부를 때려치웠을 터였다.

그러고 보면 무식한 놈 소리가 그 순간에는 도움이 되었다. 어렵사리 《천자문》을 마치고는 자신의 미욱함에 고개를 절레절레 흔들고 말았던 기억이 배순을 보고 있는 지금 아주 생생하게 떠올랐다. 조선 최고의 학자라 칭송받는 선생에게도 돌석 같은 그런 시절이 있었다니! 그 말만큼 지금의 돌석을 위로하기에 적당한 말은 세상에 존재하지 않을 것이다. 배순 또한 마찬가지일 터였다. 선생의 그 말 한마디만으로도 배순은 남은 인생을 살기에 충분할 만큼의 격려와 자신을 얻었으리라.

새로 시작하는 공부에 대한 배순의 두려움과 염려를 따뜻한 위로의 말로 다독여 준 선생은 종이를 펼치더니 커다란 동그라미 하나를 그렸다. 그러고는 그 밑에 흑과 백이 교묘하게 섞인 동그라미를 하나 더 그렸다.

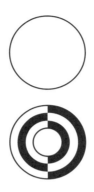

　돌석으로서는 서당을 들락거리고 있는 탓에 오다가다 보기는 했지만 그 의미에 대해서는 늘 궁금하게 여기던 그림이라 자기도 모르게 고개를 쭉 내밀었다. 그 바람에 이함형의 뒷머리에 머리를 부딪치고 말았다. 깜짝 놀라 뒷머리를 만지던 이함형이 화를 내는 대신 눈치 빠르게 자리를 비켜 준 덕에 돌석은 아예 배순 옆에 자리를 잡고 앉을 수 있었다.

　"이왕 공부를 해 보겠다고 말씀하시니 처음부터 제대로 짚고 넘어가십시다. 공부를 하는 데 가장 중요한 것, 그것이 과연 무엇일까요?"

　"제 생각에는, 그러니까 남보다 하나라도 더 아는 것 아니겠습니까? 그래야 무식하단 소리도 듣지 않을 테고."

　"그것도 중요하기는 하지만 아무래도 나중 문제입니다. 그것보다 백배, 천배는 더 중요한 게 있습니다. 바로 공부를 왜 해야 하는지 그 이유를 아는 일입니다. 남들이 하니까 나도 해야지 생각하며 무작정 남의 뒤꽁무니만 따라 하는 공부는 아무 소용이 없습니다. 나는 왜 책을 들고 오랜 시간을 견뎌내야 하는가, 왜 나는 농사나 고기 잡는 일이 아니라 공부를 하는가의 이유를 마음 깊은 곳에서 분명히 깨닫고 정리한 뒤에야 제대로 된 공부를 할 수 있는 것입니다."

"명심하겠습니다. 그런데 선생님께서 그리신 그림은 대체 무엇을 뜻하는 겁니까?"

"주렴계라는 분이 쓰신 《태극도설》을 그림으로 간명하게 표현한 것입니다. 제가 평생 공부를 하며 살아야겠다고 결심한 것도 바로 그 책을 보고 난 뒤였습니다. 《태극도설》은 우주 운행의 기본 원리와 사람이 가야 할 길에 대해 상세히 말하고 있습니다. 길이 있어도 어디로 가야 할지 모른다면 무슨 소용이 있겠습니까? 그러니까 공부를 하려면 반드시 《태극도설》을 이해해야 합니다. 내가 어디로, 무엇 때문에 가는지를 확실히 알아야 한다는 것이지요."

선생의 설명을 들고 난 뒤에도 돌석은 도무지 감을 잡지 못했다. 아무런 의미도 없어 보이는 동그라미 두 개가 어떻게 우주의 기본 원리와 사람이 가야 할 길을 보여 준다는 것인지 알 수가 없었던 것이다. 돌석은 고개를 슬쩍 돌려 배순의 얼굴을 보았다. 배순은 눈도 깜짝하지 않고 선생이 그린 그림들을 응시하고 있었다. 허락만 떨어진다면 종이를 오려 낸 뒤 선생이 그린 동그라미를 목에 걸기라도 할 기세였다. 사람 좋아하고 놀기 좋아하는 배순에게서 이런 진지한 모습을 보는 것은 이번이 처음이었다.

"쉬운 내용은 아니지만 꼭 이해하고 넘어가서야 합니다. 이 군, 자네가 좀 도와주겠나?"

선생은 그림에 대한 자세한 설명을 이함형에게 미뤘다. 그는 선생에게 고개를 숙여 보이고는 천천히 설명을 시작했다.

"처음에 둥근 원으로 표현된 것은 태극으로, 쉽게 말해 우주를 창조한 근원적인 힘이라 할 수 있습니다. 시작도 없고 끝도 없으니 둥근 원으로 표현이 된 것이지요. 이러한 태극이 활동해 음양을 낳았는데 그것이 바로 두 번째 그림입니다. 양과 음이 변하고 합하여 오행을 낳고, 이 오행이 순차적으로 베풀어지면서 비로소 사계절이 나타나고 만물이 탄생했습니다. 만물 중에 가장 영특하고 빼어난 것은 사람입니다. 그러므로 사람에게는 우주 창조의 힘인 태극이 깃들어 있기 마련인데 그것을 일컬어 순수지선의 성誠이라고 부릅니다. 여기까지 이해가 되시는지요?"

배순이 묵묵히 고개를 끄덕였다. 돌석은 여전히 미로를 헤매고 있는 듯했다. 이함형의 설명 또한 따라가기가 쉽지 않았다. 우주의 원리를 설명하는 이 그림들이 공부와 무슨 관련이 있다는 것인지 아무리 곰곰 생각해도 그 연관성을 깨달을 수가 없었다.

"내 안에 우주의 창조 원리가 깃들어 있다는 것, 참으로 멋진 일입니다. 그런데 아쉽게도 대부분의 사람들에게는 못된 기질이라는 것이 있어 태극이 깃든 순수지선의 성을 제대로 구현하지 못하게 됩니다. 그러니 어찌 되겠습니까? 본래 환하게 빛을 발해야 마땅한 마음이 어두워지고 찌꺼기로 가득 차게 됩니다. 그것이 사람들이 조그마한 일에도 쉽사리 분노하고, 시기하고, 질투하고, 슬퍼하고, 절망하는 이유입니다."

"술 먹은 이들이 악을 쓰며 치고받는 이유가 바로 그 때문이로군요. 휴, 그렇다면 희망은 없나요?"

"아닙니다. 희망은 있습니다. 다행히도 순수지선의 성을 제대로 구현한 사람들이 있어, 우리는 그들을 성인이라고 부릅니다. 성인은 우주의 생명력을 그대로 발현하므로 나와 남 사이에 아무런 간격이 없습니다. 천지, 일월, 사계절, 귀신과 더불어 이 세상을 물 흐르듯 그저 자연스럽게 흐르는 것이지요. 그러니 우리가 해야 할 일은 명확합니다. 성인을 본받아 이 세상을 살아나가는 것, 찌꺼기로 가득 차다 못해 집까지 뛰쳐나간 마음을 데려와 원래의 순수한 상태로 밝히는 것, 잃어버린 고요와 안정을 되찾아 물 흐르듯 자연스럽게 지금의 생을 살아나가는 것이지요. 지금 말씀드린 것이야말로 도리의 큰 핵심이요, 백세 도술의 연원입니다. 《근사록》에서 이 《태극도설》을 가져다 첫머리에 실은 것은 바로 그러한 까닭입니다.”

선생은 배순의 얼굴을 살펴본 뒤 마지막 설명을 덧붙였다.

“이 군의 설명을 요약해 말하자면 우주와 인생의 이치를 통해 어떻게 살아야 할지를 깨닫는 것, 바로 그것이 우리가 공부를 해야 하는 진정한 이유가 되겠지요. 공부는 단순히 남에게 자랑하고 풍족히 먹고살기 위해 하는 것이 아니란 말씀입니다.”

돌석은 선생과 이함형의 설명을 다시 한번 되새겼다. 대부분의 인간들은 성인에 못 미치기 마련이지만 성인의 예를 따라 꾸준히 공부해 나가면 언젠가는 성인의 반열에 오를 수 있다는 것, 그것이 다른 무엇보다 중요한 것 같았다. 미욱한 머리로 결코 이해하기 쉬운 내용은 아니었지만 그렇게 결론을 내리고 보니 돌석의 가슴이 뿌듯해졌다.

공부란 그저 《천자문》을 줄줄 외우고, 적절한 때에 《논어》, 《맹자》를 인용해 잘났음을 과시하거나, 과거에 급제해 평생을 고생 없이 사는, 그런 목표를 이루기 위해 하는 것이 아니었다. 공부를 한다는 것은 삶의 이치를 깨닫고 그 깨달음대로 평생을 살아 나가는 지난한 과정이라는 사실, 그것이 바로 선생이 《태극도설》을 통해 배순에게 전달하고자 하는 핵심이었다.

　게다가 성인이라니, 성인이 될 수 있다는 것은 돌석으로서는 지금껏 꿈도 꿀 수 없던 일이었다. 그런데 선생은 꾸준히 공부하면 누구나 성인이 될 수 있다고 분명하게 말하고 있다. 바로 대장장이 배순에게 말이다.

　바꿔 말하면, 제 마음대로 확대 해석하자면 그것은 마을의 똥개만도 못한 처지인 돌석도 성인이 될 가능성이 있다는 뜻이나 진배없었다. 무시당할 뿐만 아니라 때로는 아예 잊히기까지 하는 돌석 자신이 말이다. 선생의 말에 담긴 그런 심오한 뜻을 아는지 모르는지 배순은 선생이 그린 그림들에서 좀처럼 눈을 뗄 줄을 몰랐다. 선생이 흐뭇한 미소를 짓더니 자리에서 일어났다.

　"넓은 자연을 두고 좁은 방 안에서만 공부를 논하려니 조금은 답답한 느낌이 있습니다. 밖에 나가 함께 걷기라도 하는 것이 어떻겠습니까?"

　아침나절에는 제법 서늘하던 날씨가 한낮이 가까워지자 숨겨 둔 본색을 아낌없이 드러냈다. 구름 한 점 없는 초여름 날이었다. 직사로 내리쬐는 햇빛 앞에 만물은 죽은 듯 숨을 움츠리고 있었다. 오가산당을 나선 지 채 일각도 되지 않아 선생의 얼굴에서는 쉴 새 없이 땀이 쏟아졌다.

　수건을 건네는 돌석의 표정이 너무 어두웠던 탓일까, 선생은 돌석의 등을 두드리며 힘들면 힘들다고 할 테니 염려하지 말라고 얘기했다. 하지만 선생의 말을 듣고도 돌석은 완전히 마음을 놓지는 못했다. 선생이 쓰러지는 비극이 또다시 일어날까 봐 온몸의 신경을 곤두세우며 선생의 뒤를 따랐다. 만만치 않은 오르막길 하나가 나타난 순간 이함형이 선생 앞에 엎드렸다.

"선생님, 더는 못 가십니다."

선생은 말없이 오르막길을 바라보았다. 그의 얼굴에 깊은 회한이 서렸다.

"자네 말이 맞네. 이제 저 가파른 길을 걸어서 넘는 것은 아무래도 무리겠지. 노루가 산을 오르듯 성큼성큼 뛰어다니던 게 엊그제 같은데…."

청량산은 선생의 5대 고조부가 송안군으로 책봉되었을 때 나라에서 받은 산이니 선생 가문 소유의 산인 셈이었다. 오가산당이라는 이름도 선생이 청량산을 우리 집 산이라 부른 데서 유래했다. 청량산은 선생이 어릴 적부터 봇짐에 책을 싸 들고 와 공부하던 아름다운 추억이 깃든 곳이기도 했다.

지금 선생이 저토록 아쉬워하는 것은 어쩌면 다시는 청량산에 오르지 못할 수도 있다는 생각 때문은 아닐까. 마지막이라는 단어가 선생의 뇌리에 큼지막하게 자리 잡아 버렸기 때문은 아닐까. 선생의 나이와 건강을 생각한다면 그럴 법도 했다. 물욕이 없는 선생이지만 청량산만큼은 늘 자신에게 소유권이 있다며 보기 드물게 애착을 보여 왔던 일들도 돌석의 머릿속에 떠올랐다. 돌석은 선생 앞에 앉아 등을 내밀었다.

"제가 선생님을 업고 가겠습니다."

"돌석아, 마음은 고맙다만 그렇게까지는 하지 않아도 된다. 내 어찌 널 힘들게 하면서까지 산을 오르겠느냐?"

"사양하실 것 없습니다. 튼실한 몸 두었다 어디에 써먹겠습니까? 바로 이럴 때가 아니겠습니까?"

돌석은 손사래를 치고 있는 선생을 냅다 등에 업었다. 그러고는 가파른 길을 한 걸음 한 걸음 오르기 시작했다. 선생은 힘들지 않느냐고 계속 물었지만 사실 힘들 것은 별로 없었다. 선생의 몸은 너무나 가벼워서 꼭 사람이 아니라 한 마리의 학을 업고 있는 것만 같았다. 그 가벼움이 오히려 돌석의 마음을 무겁게 했다. 하지만 길이 계속 이어지자 사정은 달라졌다. 자신도 모르게 발바닥이 자꾸 땅속으로 빨려드는 기분이었다.

선생이 눈치채지 못하도록 돌석이 속으로만 낑낑거리며 오르막길을 다 오르자 이번에는 깎아지른 듯한 절벽이 나타났다. 선생이 아무 말도 하지 않는 것으로 보아 조금 더 가야 할 것 같았다. 자칫 발을 잘못 디뎠다간 천 길 낭떠러지로 떨어지기에 돌석은 정신을 바짝 차리고 다리에 힘을 주었다. 곧이어 오가산당이 한눈에 들어오는 어풍대에 이르렀다. 돌석은 커다란 바위 앞에 선생을 내려 드린 후 가쁜 숨을 몰아쉬었다. 뒤에서 따라오던 배순이 한마디 했다.

"녀석, 힘쓰는 일이라면 나한테 맡겼어야지."

"맞네, 맞아. 아저씨가 계신 걸 미처 생각도 못 했네요."

"괜찮다. 덕분에 편히 오기는 했다."

배순의 유쾌한 응대에 모두 웃음을 터뜨렸다. 돌석은 소리 없는 웃음으로 고마움을 표했다. 일행은 한동안 말을 잃고 풍경을 감상했다. 산 너머 산, 구름 너머 구름이 계속 이어졌다. 산들은 구름 속에서도 묵묵하나 고고히 자신의 자리를 지키고 있었다. 여태껏 흘린 땀을 쪽 들어가게 만들 정도의 절경을 본 것도 기뻤지만 은은한 깨달음 하나를 얻은 것도 마음을 따뜻하게 했다. 선생의 표현을 빌어 말한다면 순수지선의 성이 그대로 자연 속에 구현된 모습을 보고 있는 셈이었다. 선생은 손을 들어 위쪽에 자리한 암자를 가리켰다.

"저 암자 뒤편으로 가면 물이 솟을 것이니라. 그곳에서 물을 좀 떠다 주겠느냐?"

돌석은 재빨리 암자로 올라가 물을 떠 왔다. 선생은 그 물을 달게 마신 후 일행에게 모두 마셔 보라고 했다.

"총명수란 것입니다. 이 물을 마시면 총명해진다는 전설이 있지요. 물론 제가 여태껏 미욱하기만 한 것을 보면 전설은 아무래도 사실이 아닌 듯합니다. 그래도 송재 선생은 청량산에 오면 꼭 총명수를 마셔야 한다고 말씀하시곤 했지요. 그일이 꼭 어제 같습니다만…."

돌석은 선생이 이곳까지 올라오고 싶어 한 이유를 비로소 깨달았다. 송재 이우는 선생의 숙부다. 부친을 일찍 여읜 탓에 송재는 선생의 부친 역할까지 했는데, 그가 선생의 유일한 스승이라는 이야기를 누구에겐가 얼핏 들은 것 같다. 송재는 선생의 형제들을 데리고 이곳 청량산으로 와 공부를 가르쳤다. 공부하다 잠시 틈이 나면 경관 좋은 곳을 찾아 함께 산놀이를 즐겼으리라.

선생은 어린 시절 송재와 함께했던 여정을 마지막으로 반복하고 싶었던 것 같다. 선생의 마음 깊은 곳에는 그 시절의 추억이 늘 자리하며 한순간도 떠나지 않았던 것이다. 돌석은 힘들긴 해도 선생을 업고 오기를 정말 잘했다고 생각했다. 돌석 옆에 앉아 있던 배순이 손뼉을 친 후 보따리를 풀더니 무언가를 주섬주섬 꺼내 선생 앞에 내놓았다. 술병과 술잔이었다. 떠나기 전 잠시 부엌간에 들러 무언가를 챙겨 온다 싶더니 그게 바로 술이었다.

"선생님, 이렇게 좋은 구경을 하면서 어찌 술을 빼놓을 수 있겠습니까?"

배순은 선생의 대답을 기다리지도 않고 넙죽 술을 따라 올렸다. 선생도 싫지만은 않은 얼굴이었다. 술에 관한 일화들이 여태껏 회자되는 사실로 미루어 보면 젊은 시절의 선생은 술을 꽤 즐기는 편이었던 것 같다. 그러나 이즈음의 선생은 달랐다. 서당 뒤편 창고에 술 빚는 창고를 마련해 놓고도 마음 맞는 손님을 만나 술 한두 잔을 비우는 것이 고작이었다.

선생은 술잔을 비운 후 배순에게도 따라 주었다. 배순은 사양하는 법 없이 단숨에 마셔 버리고는 술잔을 이함형에게 넘겼다. 이함형은 손을 내저었으나 그런다고 배순이 물러날 리 없었다. 배순은 결국 이함형에게 술을 마시게 하는 데 성공했고, 돌석에게도 한 잔 가득 술을 따라 주었다. 모두 가벼운 술기운에 취해 있는데 선생이 옛이야기를 끄집어냈다.

"저 산 아래에는 농암 선생이 즐겨 머무르시던 정자인 애일당이 있답니다. 농암 선생은 제가 만난 가장 훌륭한 술벗입니다. 어느 날 밤엔가는 분강에 있는 커다란 바위 위에서 함께 술잔을 나눈 적도 있습니다. 흥이 오른 농암 선생은 조그마한 뗏목을 만들어 그 위에 술잔을 올려놓고는 제가 있는 쪽으로 보내 주셨지요. 유상곡수의 풍류를 즐긴 셈이었습니다. 농암 선생은 비록 세상을 떠나셨지만 그 광경은 지금도 가끔씩 꿈속에 등장하곤 한답니다."

들기만 해도 황홀한 이야기였다. 농암 선생이란 이현보를 말하고, 유상곡수란 물에 잔을 띄우고 시를 짓는 양반네들의 놀이를 가리켰다. 은자에 가까운 두 사람이 물 위에서 벌이는 술자리의 광경이 눈앞에 생생하게 그려졌다.

깊은 밤이니 아마도 달은 밝고 물은 어두웠으리라. 들리는 소리라고는 물 흐르는 소리와 술잔 부딪치는 소리뿐이었을 것이다. 두 사람이 머물던 속세는 안개처럼 흐릿해졌을 테고 물과 바위와 술과 달만이 진실로 여겨졌을 터였다. 풍류라고는 알 턱이 없는 돌석이지만 선생이 왜 그때의 일을 그토록 그리워하는지는 어렴풋하게나마 알 수 있을 것 같았다.

"잔소리 하나만 하겠습니다. 술이 좋은 것이기는 하나 적당할 때 멈추는 미덕은 반드시 갖춰야 합니다. 젊은 시절 성균관에서 공부하던 때가 있었습니다. 그때는 멋모르고 사람들과 어울려 즐기고 매일 밤 취하도록 술을 마셔 댔답니다. 그런데 어느 날 아침 문득 깨어나 지난밤을 생각해 보니 너무도 부끄럽더군요. 제가 한 말 하나하나, 행동 하나하나가 모두 생생하게 떠오르는 바람에 몸 둘 바를 몰랐습니다. 술자리에 함께한 기생을 마음에 들어 했던 장면까지 떠오르자 이대로는 안 되겠다 싶었습니다. 그때 깨달은 것이 바로 '이 마음이 나를 죽일 것이다.'라는 뼈아픈 자각이었습니다. 나중에 또 말씀드릴 기회가 있겠지만 사람의 인생을 가르는 것은 바로 이 조그마한 마음의 다짐입니다. 저는 이것을 삶과 죽음의 갈림길이라고 부르지요. 아무튼 그 뒤로는 술을 조심했고, 오늘날까지도 그 다짐은 지키고 있습니다. 그대가 지금 술을 마시는 것을 보니 마치 저의 옛 모습을 보는 것 같습니다. 부디 이 점만은 늘 염두에 두고 술을 드시기 바랍니다. 노파심에서 한마디 했습니다."

선생의 회고는 역시나 잔소리로 끝났지만 돌석으로서는 그 잔소리가 이상하게도 귀에 거슬리지 않았다. 자신의 잘못을 스스럼없이 밝힌 뒤의 훈계는 잔소리라기보다 선생이 깨달은 삶의 내밀한 지혜를 전수하는 쪽에 더 가까웠다.

"이곳 청량산은 우리 집 산입니다. 숙부인 송재 선생께 처음 학문을 배운 곳이 바로 우리가 머물고 있는 오가산당입니다. 그때 일이 어제처럼 또렷한데 어느덧 머리에는 흰 눈만 가득한 나이가 되었습니다. 재미있는 이야기 하나 더 할까요? 송재 선생은 저를 늘 광상이라 불렀습니다."

"광상이라 하면…, 넓은 이마란 말 아닙니까?"

배순이 모처럼 득의만만한 얼굴을 하고는 선생의 말에 끼어들었다. 선생이 고개를 끄덕였다.

"그렇습니다. 그놈, 이마 참 넓네, 하는 뜻이지요, 하하."

"선생님께도 그런 시절이 있었군요. 왠지 선생님께서는 어린 시절에도 항상 근엄하셨을 것 같아서…."

"그렇지 않습니다. 어린 시절에는 저도 장난기 많은 어린아이였을 뿐이지요. 특히 넷째 형과 가까웠는데…."

어린 시절을 즐겁게 회상하던 선생이 문득 말을 멈췄다. 모두 숨을 죽였다. 대사헌을 지낸 선생의 넷째 형 이해는 명종 임금 시절 당쟁에 휘말려 유배를 떠났다가 고문 후유증으로 목숨을 잃었다. 오랜 시간이 지났건만 그 아픔은 아직도 선생의 가슴에 그대로 남아 있는 듯했다. 웬만해서는 평정을 잃지 않는 선생이 형의 죽음에 대해서는 '아아, 나의 형님의 평생이여. 사람의 만남은 어찌 이같이 앞은 형통하고 뒤는 막혔는 가' 하는 탄식의 글을 남긴 것만 보아도 선생이 느낀 깊은 아픔을 능히 짐작할 수 있다. 잠시 침묵을 지키던 선생이 슬쩍 이야기의 주제를 바꾸었다.

"자, 이제 그러면 다시 공부에 관한 주제로 돌아가도록 하십시다. 먼저 시 한 수 읊어 보도록 하겠습니다."

독서가 산놀이와 비슷하다 하지마는
이제 보니 산놀이가 독서와 꼭 같아라.
공력을 다할 때는 아래로부터이고
얕고 깊음 아는 것도 모두 자기에게 달린 게지.
일어나는 구름 바라보며 오묘한 이치를 알아채고
물줄기의 근원에 이르러 시초를 깨닫는다네.

돌석은 방금 들은 선생의 시를 머릿속으로 되새겼다. 독서는 공부를 말하는 것으로 생각해도 될 터였다. 공부는 순서를 밟아 차근차근하는 게 중요하며, 다른 사람이 아니라 자기 스스로 해야 하는 것임을 가르쳐 주는 게 이 시의 골자였다.

선생이 시와 편지로써 제자들을 가르친다는 것은 직접 보고 들어 잘 알고 있었다. 선생이 지금껏 쓴 시가 이천 수, 편지는 삼천 통에 이른다는 말도 있었다.

돌석은 자신이 선생에게 시를 통해 가르침을 받는 날이 올 줄은 꿈에도 생각하지 못했다. 물론 정확히 가려 말하자면 자신을 향한 게 아니라 배순을 향한 가르침이지만 말이다. 허나 그것이 무슨 상관이겠는가. 듣고서 제 것으로 만들어 버리면 그만인 것을. 아까도 선생이 공부는 안달복달하는 사람이 잘하기 마련이라고 하지 않았던가.

"오가산당에서 얘기한 《태극도설》은 처음 듣는 이에게는 다소 어려울 수도 있는 내용입니다. 그러나 초심자일수록 공부를 왜 하는지 그 이유를 아는 것이 정말 중요합니다. 그걸 모르면 고비가 닥치는 순간 모래 언덕처럼 쉽게 허물어지니까요. 그렇게 생각하시고 집에 돌아가신 뒤에도 제가 드린 말씀을 거듭 곱씹어 보시기 바랍니다."

"네, 잘 알겠습니다. 돼지비계 씹듯 질겅질겅 씹어 삼키겠습니다."

배순다운 순박한 비유에 선생은 입가에 웃음을 머금었다. 선생이 술잔을 조금 비운 후 말을 이었다.

"허허, 저와 뜻이 통하시는군요. 제가 지은 시 중에 이런 구절이 있습니다. '책 가운데 참된 맛이 있어, 실컷 먹으니 진귀한 요리보다 낫네.' 아무튼 공부의 맛은 돼지비계보다 훨씬 더 좋을 터이니 마음껏 씹으셔도 좋습니다. 그러면 이제 공부를 처음 하는 이들이 갖추어야 할 마음가짐이랄까, 그런 것들을 몇 가지 말씀드리도록 하겠습니다. 어쩌면 이런 세세한 것들이 지금의 그대에게는 더 큰 도움이 될 수 있겠지요."

"선생님만의 공부 비법이로군요."

"아닙니다. 공부에 비법은 없습니다. 당연한 것들을 꾸준히 하는 방법만이 있을 뿐입니다."

"죄송합니다. 제가 또 입방정을 떨었습니다. 이놈의 입을 그냥…."

"그대 덕분에 오늘 여러 번 웃습니다. 먼저 공부는 질문하는 데에서부터 시작된다는 것을 잊지 마십시오. 학문學問이란 문학問學, 그러니까 궁금한 것을 묻는 것입니다. 궁금하지 않으면 공부는 결코 시작되지 않습니다.《중용》에 보면 이런 구절이 있습니다. '순은 크게 지혜로운 자다. 순은 묻기를 좋아하고 평소의 일상적인 말들을 곰곰이 살피길 좋아한다.' 순은 성인이지만 묻는 것을 부끄러워하지 않았습니다. 부끄러워하기는커녕 오히려 묻기를 즐겼다는 것을 알 수 있습니다. 그러니 우리 같은 범인들이야 두말할 나위가 없겠지요."

선생의 말대로《태극도설》은 심오하면서도 알쏭달쏭했지만 새로 들려주는 지침은 그야말로 가슴에 쏙쏙 와 닿았다. 돌석은 다른 것은 몰라도 묻는 것 하나만큼은 남보다 훨씬 잘한다고 자부할 수 있었다. 선생에게 처음 가르침을 받게 된 상황이 바로 그러했다.

돌석은《천자문》을 읽던 중 도저히 그 의미를 모르는 게 있어 고민하던 끝에 무턱대고 완락재의 방문을 두드려 질문을 던졌었다. 선생은 돌석의 난데없는 질문에도 얼굴 살 하나 찌푸리지 않고 친절하게 답해 주었고, 그 덕분에 그 일은 돌석의 가슴에 아예 새겨져 버렸다. 그리하여 지금도 영원히 사라지지 않을 첫 질문의 소중한 기억으로 남아 있는 것이다.

"두 번째로 말씀드릴 것은 스스로 한계를 두지 말라는 것입니다. 공자의 제자 중 염유라는 자가 있습니다. 이 제자가 어느 날 선생에게 이렇게 고충을 털어놓습니다. '선생님, 선생님의 길이 좋다는 것은 알겠는데 제 능력이 부족해 따라가기가 힘듭니다.' 이에 대해 공자께서는 뭐라고 답하셨을까요? 이 군, 자네가 한번 답해 보겠는가?"

선생은 한동안 침묵을 지키고 있던 이함형을 지목했다. 그는 고개를 숙여 보이고는 이렇게 대답했다.

"공자께서는 '힘에 부친다는 것은 힘껏 달리다가 쓰러질 때나 할 수 있는 말이니라. 그런데 자네는 제대로 달려 보지도 않고 미리 안 된다고 마음속으로 선을 긋고 있구나.' 하고 말씀하셨습니다."

"카, 좋다! 정말 명언입니다. 이것도 씹어 먹어야겠네요."

배순의 도를 넘는 감탄에 모두 웃음을 터뜨리고 말았다. 선생은 웃는 것만으로 모자라 손바닥으로 무릎을 한 차례 힘차게 두드리기까지 했다.

"못난 것을 막는 데에 부지런함보다 나은 것은 없는 법입니다. 나만큼 배우기를 좋아하는 사람은 이 세상에 없을 것이다, 하는 각오로 공부에 뛰어들어야 비로소 결실을 볼 수 있습니다. 공자의 애제자인 안회는, 요순도 사람이고 나도 사람인데 난들 요순이 되지 말란 법이 있나, 하고 당찬 각오를 다져 가며 공부에 매진했습니다. 안회가 당신보다 먼저 세상을 떠났을 때 공자께서 그토록 안타까워하셨던 것도 공부에 대한 안회의 지독한 마음을 높이 사셨기 때문입니다."

선생의 말에 돌석은 온몸에 소름이 자르르 돋는 것을 느꼈다. 온화한 말씀이지만 그 속에 담긴 뜻은 실로 무서웠다. 한마디로 공부를 하더라도 목숨을 걸고 해야 결실이 있으리라는 뜻이었다. 연신 고개를 끄덕이며 선생의 말을 경청하던 배순도 이 대목에서만은 돌석과 같은 심정이었는지 두꺼운 입술을 깨물며 골똘히 생각하는 표정을 지었다.

"마지막으로 말씀드릴 것은 스승을 찾아 헤매지 말라는 것입니다. 공부에 생각이 없는 이들이 흔히 스승 탓을 하고 책탓을 하는데, 공부에 뜻만 있다면 스승은 우리 주위 어디에든 있습니다. 현명한 이를 보면 어깨를 겨루려 힘쓰고, 현명하지 못한 이를 보면 안을 돌아보아 스스로를 살피십시오. 현명한 사람뿐만 아니라 나보다 못난 사람도 스승이 된다는 말입니다. 이렇게 생각하면 언제 어느 때가 되었든, 누구를 만나든 공부가 아닌 것이 없지요. 제가 말씀드린 이 몇 가지를 잊지 않으면 지금 당장 공부를 시작하기에 부족함이 없을 듯합니다."

모두 다 주옥같은 지침들이었다. 선생의 지침은 돌석에게 도 안성맞춤이었다. 자신의 경우에 비추어 생각해 보니 더 이해하기 쉬웠다. 이는 그 지침이 배순뿐만 아니라, 초학자 모두에게 보편타당하게 적용할 수 있는 적절한 지침이기 때문 일 터였다.

선생이 자리에서 일어났을 때였다. 새 한 무리가 질서정연하게 줄 맞춰 날아가는 모습이 눈에 들어왔다. 선생이 감탄하며 "저것이 바로 연비어약鳶飛魚躍이로구나!" 하고 큰 소리로 외쳤다. 연비어약이라, 서당 개 삼 년에 풍월을 읊는다고 선생을 수발하다 보니 오면가면 수도 없이 들어 어느새 익숙해진 말이었다. 그러나 그 말이 정확하게 무슨 뜻인지 여태껏 알지 못했던 돌석은 질문하는 일을 부끄러워 말라는 선생의 가르침에 용기를 얻어 질문을 던졌다.

"연비어약이 도대체 무슨 뜻입니까?"

선생이 말없이 웃으며 이함형을 보았다. 이함형이 다시 한 번 고개를 숙여 보인 뒤 대답했다.

"연비어약은 원래《시경》에 나오는 구절로, '솔개가 날고 물고기가 뛰논다.'는 뜻입니다. 이것은 지극히 자연스러운 생명의 발양을 표현하는 구절입니다. 솔개와 물고기가 날고 뛰노는 것은 누가 시켜서가 아닙니다. 그저 자신의 순수한 본성의 흐름에 따르며 자연스럽게 생명을 약동하는 것이지요. 우리 인간의 본성도 그와 같습니다. 맹자는 일찍이 물에 빠진 아이를 보면 자연스럽게 달려가 구하는 것이 인간의 마음이라고 하며, 그것을 측은지심, 곧 인仁의 마음이라 불렀습니다. 문제는 현실은 그와 다르다는 데에 있습니다. 대다수의 사람들은 본성을 자연스럽게 발현하며 살지 못합니다. 아까도 나온 이야기지만 이는 마음이 더러운 찌꺼기로 덮여 깨끗한 본성을 가리고 있기 때문입니다. 마음이 본래의 길을 따라 막힘없이 자유롭게 움직이는 경지, 그것이 바로 선생님의 공부가 추구하는 것입니다. 그러니까 연비어약은 우리 공부의 목표를 드러내는 아름다운 표현인 것이고요."

연비어약을 소리 나지 않게 입안에서 반복해 읊조리던 돌석이 자신도 모르게 또 끼어들었다.

"혹시 비약도 연비어약에서 나온 말인가요?"

이함형이 고개를 끄덕이더니 이번에는 돌석에게 질문을 던졌다.

"또 생각나는 것은 없느냐?"

돌석의 머릿속에 하나의 장소가 떠올랐다. 정확히는 모르겠지만 왠지 그 장소가 이함형이 요구하는 답일 것 같았다.

"혹시 천연대를 말씀하시는 건가요?"

천연대天淵臺란 서당 왼편에 있는 바위벽으로 외진 곳에 있는 데다 탁영담과 너른 들판이 어우러진 풍경이 보기에도 좋은 까닭에 돌석이 무척 좋아하는 장소였다. 연 자가 들어가는 것은 비슷하지만 천 자는 아니니 돌석으로서는 말을 해 놓고도 반신반의할 뿐이었다.

"연비어약은 연비여천鳶飛戾天, 어약우연魚躍于淵에서 두 글자씩 따온 것이니라. 천연대는 연비여천에서 천을, 어약우연에서 연을 따와 붙인 이름이지. 돌석이 너, 정말 대단하구나."

이함형은 입으로는 돌석을 칭찬했지만 눈으로는 깊은 의심을 드러내고 있었다. 그러나 자신은 그런 표정을 지었다는 사실조차 모르는 듯했다. 이함형은 돌석이 제대로 답했다는 사실에 꽤 큰 충격을 받은 눈치였다. 선생은 한동안 말없이 돌석을 보더니 흐뭇한 미소를 지었다.

"한 모서리를 들어 주었더니 나머지 세 모서리를 혼자서 들은 격이구나. 잘했다."

선생에게 '잘했다'는 말을 듣다니, 그것도 수재 중의 수재인 이함형 앞에서 그 말을 듣다니, 돌석의 가슴이 흥분을 주체하지 못해 제멋대로 뛰기 시작했다. 선생에게 경박한 속내를 들키지 않기 위해 두 손으로 가슴팍을 거세게 움켜쥐고 있어야 할 지경이었다. 선생의 시선이 다시 배순에게 향했다. 선생은 배순을 그냥 보내기 아쉬운 듯 마지막이라 말하고는 한 가지 지침을 더 들려주었다. 잔소리꾼인 선생의 면모가 배순 앞에서도 여실히 드러나고 있었다.

"공부란 우리가 이 세상을 올바로 살아가기 위해 꼭 익혀야 할 삶의 기술입니다. 재물을 모으거나 쟁기를 만드는 데만 기술이 필요한 것이 아니란 말입니다. 삶을 올바로 살기 위한 기술이니 다른 기술을 익히는 것보다 훨씬 더 어렵겠지요. 그런 만큼 사는 동안에는 결코 다 이루었다고 말할 수가 없는 것입니다. 공자께서 열다섯에 처음 공부에 뜻을 둔 후 일흔이 되어서야 비로소 마음이 하자는 대로 해도 경우를 넘지 않는 완숙한 경지에 이르렀다는 것을 꼭 기억하십시오.

"그 말씀 꼭 기억하겠습니다. 마누라 귀빠진 날은 잊어도 그 말씀만은 결코 잊지 않겠습니다."

배순의 엉뚱한 말에 모두 또 한 차례 큰 웃음을 터뜨렸다.

오가산당에 돌아온 뒤 배순은 선생에게 하직 인사를 올렸다. 방 안을 나간 뒤에도 아쉬움이 남는지 배순은 쉽사리 발길을 돌리지 못하고 사립문 앞에서 미적거렸다. 돌석이 어서 가라고 눈치를 주자 배순은 냅다 선생 앞에 다시 다가와 무릎을 꿇었다.

"주제넘은 소리인 줄은 알고 있습니다만 이 말씀을 못 드리고 가면 답답해서 제명에 못 죽을 것 같습니다."

"말씀해 보십시오."

"저, 그러니까…, 스승님으로 모셔도 되겠습니까?"

"물론입니다. 그대가 처음 편지를 보낸 순간부터 저는 그대를 제자로 생각하고 있었습니다. 공부하다 막히는 부분이 있거든 언제든 찾아오십시오. 대단한 스승은 못 됩니다만 제가 알고 있는 것을 성심성의껏 알려 드리겠습니다."

"아이고, 감사합니다."

배순은 선생 앞에 거듭 고개를 조아렸다. 그 모습을 지켜보는 돌석의 마음이 복잡해졌다. 한편으로는 기뻤지만 다른 한편으로는 씁쓸했다. 공부로 치자면 이함형은 몰라도 배순에게만은 뒤지지 않을 자신이 있었지만, 아무리 공부에서 앞서더라도 돌석은 결코 선생의 제자가 될 수는 없을 터였다. 돌석은 양민도 아닌 천출이므로. 양민은 실제로야 어찌 되었건 과거를 볼 기회라도 있지만 천출에게는 그런 기회조차 처음부터 아예 존재하지 않았다.

'태어나면서부터 정해진 운명인 것을. 운명을 거스를 수는 없지.'

배순을 보내고 난 뒤 돌석은 괜히 울적한 기분이 들어 혼자 생각에 잠겨 있는데 누군가가 꿀밤을 먹였다. 이함형이었다.

그가 씩 웃으며 이렇게 말했다.

"선생님께서 몹시 시장해하시는 것 같구나. 나 또한 마찬가지이고."

그러고 보니 돌석의 배 속에서도 꼬르륵 소리가 났다. 돌석은 주먹으로 배를 쓱쓱 문지르고는 재빨리 부엌간 안으로 뛰어 들어갔다.

유난히 길던 하루가 막바지를 향하고 있었다. 돌석이 기억하기에 이토록 밀도 있게 하루를 보낸 것은 태어나서 처음이었다. 그리고 아직 완전히 끝난 것도 아니었다. 돌석에게는 여전히 해야 할 일이 남아 있었다.

저녁을 먹고 난 뒤 바로 붓을 들었던 돌석은 삼경(밤 11시~새벽 1시 사이)이 지나서야 비로소 붓을 놓았다. 하루 동안 배운 가르침들을 정리해 기록으로 남기는 일이 바로 돌석이 해야 할 숙제였다. 의외로 오랜 시간이 필요한 일이었다. 듣고 있을 때는 '아하, 그렇구나!' 하고 절로 무릎을 칠 만큼 명확하던 지침들이 막상 글로 옮기려고 드니 생각처럼 간단하지가 않았다.

선생이 한 말의 의미를 곰곰 생각하고 어떻게 표현해야 그

진의를 가장 잘 살릴 수 있는가를 고민하자니 시간이 물 흐르 듯 빠르게만 지나갔다. 끙끙거리며 애를 써도 제대로 정리가 되지 않자 돌석은 자꾸만 초조해졌다. 선생 앞에 나아가 도저 히 못하겠습니다, 하고 사죄하고 싶은 마음이 바람 지나가는 들판의 갈대처럼 수시로 일어나 돌석을 괴롭혔다.

이함형은 짐짓 아무것도 모르는 척 조용히 책을 읽고 있을 뿐이었다. 그에게 고개를 조아리고 도움을 요청할까도 생각 해 보았지만, 그는 돌석의 마음을 읽었는지 서안의 방향을 바 꾼 뒤 아예 등을 돌리고 앉아 버렸다. 야속했지만 그것은 그 의 배려이기도 했다. 어려워도 혼자서 끝내야 한다는 뜻일 터 였다. 그 어렵고 난감한 순간 돌석이 다시 한번 마음을 다잡 을 수 있었던 것은 스스로 한계를 짓지 말라는 선생의 가르침 덕분이었다.

'그래, 하는 데까지 해 보자. 지금 이 순간이 내게는 바로 삶 과 죽음의 갈림길이다.'

돌석은 선생의 그 가르침을 쉴 새 없이 머릿속에 새겨 가며 간신히 정리를 마쳤다. 크게 한숨을 내쉰 돌석은 선생이 그렇 게 하듯 눈을 가늘게 뜨고는 자신이 정리한 기록을 천천히 읽 어 보았다.

도대체 공부는 왜 하는가

삶의 이치를 깨닫기 위해서다_ 과거에 급제해 입신양명하거나 남들에게 자랑하기 위해 공부를 하는 것이 아니다. 우주와 인생의 이치를 통해 어떻게 살아야 할지를 깨닫는 것, 바로 그것이 우리가 공부를 해야 하는 진정한 이유다.

삶을 위한 기술을 익히기 위해서다_ 재물을 모으고 도구를 만드는 데도 기술이 필요하듯 삶을 살아가는 데도 기술이 필요하다. 공부란 우리가 이 세상을 올바로 살아가기 위해 꼭 익혀야 할 삶의 기술이다. 그러니 얼마나 어렵겠는가. 사는 동안은 다 이루었다고 말할 수 없는 것이 바로 삶의 기술로서의 공부다.

공부를 시작하는 사람들을 위한 지침

항상 안달복달하라_ 배움은 마치 닿지 못하는 것처럼 하며, 잃어버릴까 안달하듯 해야 한다. 결국은 졸라 대는 놈에게 떡이라도 하나 더 주게 되는 것이다.

모르면 물어라_ 학문學問은 문학問學이다. 잘 묻는 사람, 모르는 게 많아 질문이 많은 사람이 공부를 잘할 수 있는 것이다. 순이 바로 그런 사람이다. 순은 묻기를 좋아하고 평소의 일상적인 말들을 곰곰이 살피길 좋아했다. 순의 예를 따라야 한다.

스스로 한계를 짓지 마라_ 힘에 부친다는 것은 힘껏 달리다가 쓰러질 때나 할 수 있는 말이다. 제대로 달려 보지도 않고 안 된다고 미리 마음속으로 선을 그어서는 안 된다. '요순도 사람이고, 나도 사람인데 난들 요순이 되지 말란 법은 없다.'는 당찬 마음으로 공부를 해야 한다.

스승 탓, 책 탓을 하지 마라_ 공부를 못하는 사람이 스승 탓, 책 탓을 하는 법이다. 현명한 이를 보면 어깨를 겨루려 힘쓰고, 현명하지 못한 이를 보면 안을 돌아보아 스스로를 살핀다. 그런 마음이라면 하루하루 만나는 모든 사람과 모든 순간이 공부 아닌 것이 없다.

돌석은 눈살을 찌푸렸다. 선생의 가르침은 더 풍성한 것 같았는데 정리해 놓은 기록을 보니 알곡은 빠져나가고 쭉정이만 모아 놓은 듯 빈약하기 그지없었다. 더 손을 대고 싶었으나 이쯤에서 그만두어야 했다. 선생이 불을 환히 밝히고 자신을 기다리는 것을 뻔히 아는 마당에 성에 차지 않는다는 이유로 마냥 시간을 끌 수는 없었다. 쓸데없는 고집을 버리고 자신의 한계를 인정하는 것도 어느 순간에는 필요하다. 돌석은 흠흠 헛기침을 한 뒤 이함형에게 자신이 정리한 기록을 내밀었다.

"미리 말씀드리는데 진사님 수준을 생각하시면 곤란합니다. 무식한 종놈이 그저 몇 자 끼적거렸거니 생각하시고 읽어 주십시오."

이함형이 웃음 띤 얼굴로 돌석이 내민 기록을 읽기 시작했다. 고개를 끄덕이거나 가로젓는 그의 사소한 동작 하나하나에 돌석도 따라서 움직였다. 잠시 후 그는 아무 말 없이 기록을 다시 내밀었다. 돌석이 보니 고친 것이 하나도 없었다.

"아니 이거…, 고쳐서 주시기로 약조하셨잖습니까?"

"네놈이 정리한 기록에 왜 내가 손을 대느냐?"

돌석은 입을 쭉 내밀고는 기록을 받아 들었다. 믿는 도끼에 발등을 제대로 찍힌 기분이었다. 이함형만은 그래도 제 편이라고 믿었던 것을 생각하니 은근히 열불이 났다. 야속했다. 농담조로 포장한 비난을 퍼부으려다 마지막 순간에 멈추었다. 그의 얼굴이 너무도 진지했기 때문이다. 돌석은 우선 선생을 찾아 폭포수처럼 쏟아질 잔소리를 들은 뒤에 이함형과의 문제를 해결하기로 마음먹었다. 하루를 같이 지내보니 그와는 풀고 넘어가야 할 것들이 제법 되는 듯했다.

돌석이 선생의 방문을 열고 들어가 꿀물과 함께 기록을 내밀었다. 선생은 읽던 편지를 벽에 걸린 고비에 다시 넣어 두고는 기록을 읽기 시작했다. 길지 않은 시간이지만 돌석의 마음은 두근두근, 좀처럼 제자리를 잡지 못했다. 이함형의 도움을 하나도 받지 못했으니 다른 것은 몰라도 가르침에 관해서는 까다롭기 그지없는 선생의 성에 차지 않을 것은 자명한 일이었다. 돌석은 선생이 자신에게 이 일을 맡긴 것을 벌써 후회하고 있을지도 모르며, 미욱함에도 정도가 있는데 너의 미욱함은 도저히 구제하기 어려운 수준이라며 고개를 저을지도 모른다는 불안감에 온몸을 떨었다.

선생은 기록을 내려놓은 후 천천히 꿀물을 마셨다. 잠시 후 선생의 따뜻한 음성이 방 안에 울려 퍼졌다.

"허허. 박문약례博文約禮로구나! 잘 보관하고 있도록 해라."

선생의 태도로 보아 칭찬으로 받아들여야 옳을 터였지만, 박문약례가 정확히 무얼 뜻하는지를 알 수 없었기에 돌석은 애매한 표정으로 절을 올린 뒤 선생 방에서 나왔다. 돌석은 재빨리 제 방문을 열고 들어가서는 이함형을 찾았다.

"궁금한 게 있어서 여쭤보려고요."

"그래, 무엇이냐?"

"기록을 보여 드렸더니 선생님께서 박문약례라고 하십니다. 무슨 뜻인지요?"

이함형은 그럴 줄 알았다는 듯 표정의 변화 없이 고개만 끄덕였다. 답답해 죽을 지경인 돌석이 다시 한번 재촉하자 이함형은 그제야 천천히 박문약례의 뜻을 설명하기 시작했다.

"박문약례란, 말 그대로 하자면 글[文]로써 넓히고 예[禮]로써 요약한다는 뜻이지."

이건 또 무슨 소리인가? 돌석은 궁금증이 풀리기는커녕 더욱 아리송해질 뿐이었다. 글은 무엇이고 예는 또 뭐람. 돌석은 잠자코 이함형의 말이 이어지기를 기다렸다.

"글이란 오늘 선생님께서 베푸신 모든 가르침을 뜻하는 것이고, 여기에서의 예란 이치라는 뜻으로 받아들이면 된다. 그러니까 선생님께서 박문약례를 말씀하신 뜻은 돌석이 네놈이 선생님께서 베푸신 가르침들을 이치에 닿게 잘 간추렸다는 칭찬이신 게다."

갑자기 돌석의 가슴이 뻐근해졌다. 자신이 선생에게 칭찬을 받았다는 게 도무지 믿기지 않았다. 온 정성을 다 바쳐 시중을 들면서도 사소한 일 하나 놓치지 않고 잔소리를 퍼붓는 선생을 모신 탓에 노심초사하던 돌석이 아니었던가. 그런데 다른 것도 아닌 선생의 가르침을 정리한 기록으로 칭찬을 듣다니, 어쭙잖게 비유하자면 장님이 뒷걸음질하다 문고리 잡은 격이라고나 할까.

"돌석아, 내 오늘 일에 대해 할 말이 있다."

이함형의 착 가라앉은 목소리가 돌석을 다시 현실로 이끌었다. 돌석의 머릿속이 복잡해졌다. 그는 대체 무슨 말을 하려는 걸까. 그가 시종 평소와 다른 모습을 보였지만 따지고 보면 그것은 돌석의 잘못 때문이기도 했다. 배순이 방문한 이후로 돌석은 이함형에게 거의 신경을 쓰지 못했다. 신경 쓰기는커녕 선생의 가르침에 흠뻑 빠진 나머지 그의 존재에 대해 까맣게 잊다시피 한 것이다. 지금 생각해 보니 오늘 하루가 그에게는 결코 편치 않았을 터였다.

선생은 대장장이 배순을 위해 따로 시간을 마련했을 뿐만 아니라, 초학자가 공부해야 할 상세한 지침들을 일러주었고, 종내는 제자로 삼기까지 했다. 그러는 동안 이함형은 그저 가끔씩 경전을 인용하고 설명하는 부수적인 역할만을 담당했을 뿐이다. 오늘 하루만 보면 배순과 돌석이 제자이고, 이함형은 선생을 수행하는 종이라 해도 과언이 아니었다. 돌석이 그의 입장이라 해도 무척이나 불편하고 당혹스러웠으리라. 돌석은 그가 감당하기 어려운 험한 말을 한다 해도 오늘만은 토를 달지 않기로 단단히 마음을 먹었다.

"오늘 하루 돌석이 너의 모습을 보고 많이 놀랐다. 지금껏 나는 네가 《천자문》이나 간신히 뗀 줄로만 알고 있었는데 그게 아니더구나. 선생님 말씀대로 한 모서리를 들어 주면 알아서 나머지 세 모서리를 들 줄 아는 실력을 지녔더구나."

"과찬이십니다. 무슨 흉을 보시려고 이렇게 띄우십니까?"

"녀석, 그냥 빈말로 하는 것이 아니다. 네가 정리한 기록을 본 순간 솔직히 많이 놀랐다. 웬만한 제자들도 선생님의 가르침을 너처럼 군더더기 없이 깔끔하게 정리해 내기란 쉽지 않았을 것이다. 정말로 내가 손댈 것이 하나 없더라."

"어허, 또, 또, 마음에 없는 괜한 말씀을."

"하하, 아무튼 이왕 시작한 말이니 끝까지 들어다오. 저녁 내내 너와 함께 방에 있으면서 나 또한 많은 생각을 했다. 너를 그저 《천자문》을 익혀 잘난 체나 하려는 종놈으로 여겼던 것도 내 잘못이고, 대장장이인 배순을 나와 같은 제자로 받아들이는 결정에 불편해한 것도 내 잘못이다. 아마도 선생님께서는 쥐꼬리만 한 재능으로 오만해하는 나를 채찍질하시기 위해 이러한 자리를 마련하신 것 같다. 너에게 진심으로 사과하마. 부디 나를 용서해 주기를 바란다."

지금 명문가의 자제 이함형이 천출인 돌석에게 잘못했으니 용서해 달라는 말을 하고 있다. 오늘 하루 극심한 감정의 동요를 겪은 그의 얼굴은 어느새 평소의 희고 단정한 얼굴로 돌아와 있었다. 그의 말을 듣고 보니 돌석도 비로소 선생이 이함형만을 데리고 오가산당에 온 이유가 이해되었다.

배순과 같은, 공부에 목말라하나 서당에 오기는 어려운 이들에게 가르침을 베풀기 위해서라는 것이 선생이 밝힌 이유였으나 진정한 이유는 다름 아닌 이함형 때문일 터였다. 돌석이 보기에 그는 그 자신이 생각하는 것처럼 오만한 사람은 아니었다. 그러나 워낙 젊은 나이에 선생의 사랑을 받다 보니 아무래도 주위의 질시가 심했다. 선생의 제자들이라고 모두 선생만큼 훌륭한 인격을 지닌 것은 아니었으므로.

그가 아무 의미 없이 한 행동도 다른 이들에게는 오만한 행동으로 비쳐지는 일이 자주 있었다. 때문에 이함형은 종종 구설수에 올랐다. 이즈음 떠도는 구설수 중 한 가지는 그가 아내의 용모를 문제 삼아 헤어지려 한다는 것이었다. 이는 이함형의 사람됨으로 볼 때 말도 안 되는 소리였다. 세상에, 칠거지악에 해당도 되지 않는 용모 때문에 조강지처를 버리다니. 그것은 질투에 눈먼 일부 제자들이 이함형을 음해하기 위해 꾸민 헛소리일 가능성이 높았다.

세상에 귀를 닫은 듯 보이지만 실은 제자들의 일거수일투족을 눈여겨 관찰하는 선생이 그 사실을 모를 리 없었다. 선생은 이 기회에 이함형만을 데리고 오가산당을 방문함으로써 말 많은 제자들이 더 이상 그에 대해 왈가왈부하지 않도록 일침을 놓은 것이다. 그랬구나, 그랬어. 선생의 세심함에 다시 한번 감탄하게 되는 순간이었다. 사실 돌석의 입장에서는 아무래도 상관없는 일이었다. 선생이 갑작스레 오가산당을 방문한 속내야 어찌 되었든 오늘같이 귀중한 깨달음을 얻을 수만 있다면 그것으로 대만족이었다.

"진사님께서 제게 용서를 구할 것은 하나도 없습니다. 저는 선생님과 진사님께 많은 가르침을 받을 수 있다는 사실만으로도 기쁘기 한량없습니다."

"그렇게 생각했다면 다행이구나. 그나저나 내일은 또 누가 올꼬? 물론 누가 오더라도 오늘처럼 흔들리는 모습을 보이는 일은 없을 게다. 충분히 반성하고 마음을 다잡았으니까."

아닌 게 아니라 돌석도 또 다른 방문자가 궁금했다. 그러나 이미 밤은 깊을 대로 깊었다. 내일을 위해서라도 이제는 잠을 청할 시간이었다. 돌석은 늘어지게 하품을 하고는 그대로 자리에 누웠다. 이함형이 나지막한 소리로 노래를 불렀다.

우부도 알며 하거니 그 아니 쉬운가.

성인도 모른다 하시니 그 아니 어려운가….

그 노래는 그대로 자장가가 되어 돌석의 눈을 감겨 버렸다.

두 번째 편지

돌석은 어제처럼 툇마루에 앉아 사립문의 움직임을 살폈다. 눈은 문을 향해 있었으나 마음은 아직 산속을 헤매는 중이었다. 아침 일찍 겪은 사건 때문이었다. 아침 식사를 마친 선생은 가벼운 산책을 하기 위해 오가산당을 나섰다. 돌석은 입석 방향으로 가는 선생의 뒤를 따랐다. 선생은 그럴 필요 없다고 했지만, 얼마 전 선생이 쓰러진 모습을 두 눈으로 목격한 돌석은 자신에게 업혔던 선생의 몸이 의외로 가벼운 데 놀랐던 마음도 남아 있는 터라 도무지 안심이 되지를 않았다. 돌석이 방해하지 않고 그저 얌전히 뒤만 따르겠다고 하자 선생도 마지못해 고개를 끄덕였다.

아침나절의 청량산은 고요 그 자체였다. 가끔씩 들리는 뻐꾸기 소리는 적막을 깨는 것이 아니라 오히려 산중이 얼마나

고요한지를 새삼 상기시켜 주었다. 한 식경 정도 평탄한 산길을 골라 걷던 선생은 어느 순간 발걸음을 되돌려 오가산당으로 향했다. 바로 그때 말발굽 소리가 났다. 마을 쪽에서 누군가 말을 타고 산을 오르고 있었다. 선생은 걸음을 멈추고 삼나무 곁에 섰다. 말발굽 소리는 점차 가까워져 말에 탄 이를 식별할 수 있을 정도가 되었다.

말에 탄 이는 최 참판 댁 큰아들 최준이었다. 그는 농운정사에 머물며 가르침을 받고 싶어 했으나 좀처럼 자리가 나지 않아 기다리는 상태였다. 그런데 이상한 일은 그다음에 일어났다. 최준이 선생 앞으로 다가오는가 싶더니 말에서 내리거나 고개를 숙여 보이지도 않은 채 그대로 지나가 버린 것이다. 돌석은 기가 차서 입만 벌리고 있다가 말발굽 소리가 더 이상 들리지 않게 된 후에야 분통을 터뜨렸다.

"아니 저런 무례한 사람이 어디 있습니까? 선생님을 보고도 그냥 지나치다니, 어떻게 저럴 수 있습니까?"

잔뜩 흥분한 돌석과는 달리 선생은 평온한 표정이었다. 선생은 희고 가는 턱수염을 쓰다듬으며 오히려 최준을 변호하고 들었다.

"산중이라 미처 나를 못 보고 지나쳤겠지. 그건 그렇고 말 탄 사람이 꼭 그림 속의 사람 같으니 안 그래도 좋은 경치를 더 빛나게 해 주는구나. 사정이 이러하니 그를 책망하기보다는 오히려 그에게 고마워하는 게 맞지 않겠느냐?"

세상을 초월한 듯 유유자적한 대답에 돌석은 할 말을 잃었다. 당사자인 선생이 그의 무례를 조금도 마음에 담아 두지 않으니 돌석이 더 이상 뭐라 하겠는가. 선생은 흥이 나는지 외려 낮은 목소리로 노래까지 지어 불렀다.

산봉우리 봉긋봉긋 물소리 졸졸
새벽 여명 걷히고 해가 솟아오르네.
강가에서 기다리나 임은 오지 않아
내 먼저 고삐 잡고 그림 속으로 들어가네.

선생이 아무렇지도 않게 여기는 까닭에 그 일은 그렇게 유야무야 끝났지만 툇마루에 앉고 보니 좀처럼 머릿속에서 떠나지 않았다. 서너 식경 전에 겪은 일이지만 따지고 들면 들수록 이상한 점이 더해 갔다. 먼저 최준이라는 이의 됨됨이였다. 그는 빠른 판단력으로 서로 다른 의견들을 조율하는 일에 탁월한 능력을 보인 아버지와는 달리 천성이 조금 미욱한 사람이었다. 나이 서른이 다 되었지만 여태껏 초시조차 통과하지 못하는 것이 그의 지적 수준을 정확히 말해 주고 있었다.

그럼에도 최준은 마을에서 꽤나 인정받는 사람이었다. 그는 지성으로 부모를 모셨고, 아내와 자식을 끔찍이 사랑했고,

마을에 어려운 일이 생기면 언제나 두 팔 걷어붙이고 나섰다. 몇 해 전 겨울, 올해보다 더한 가뭄으로 굶는 이가 속출하자 아버지를 설득해 자기 집 곳간을 연 이도 최준이고, 홀로 사는 노인들의 거처를 직접 찾아가 안부를 묻고 쌀을 나누어 준 이도 바로 그였다. 지식은 부족하나 실천에는 으뜸인 사람인 것이다. 그런 최준이 선생을 보고도 말에서 내리지 않았다는 사실은 아무리 생각해도 납득이 되지 않았다. 차라리 최준이 선생을 미처 발견하지 못했다는 결론을 내리는 것이 더 자연스러웠다.

하지만 그것 또한 명쾌하게 설명되지 않았다. 아침나절이라고는 해도 초여름이어서 해는 이미 중천에 떠 있었고, 비 한 방울 내리지 않는 맑은 날이 오늘도 계속되고 있었다. 산중에는 선생과 돌석 말고는 아무도 없었다. 그리 넓지도 않은 산길이니 굳이 시선을 두지 않더라도 선생을 발견하지 못한다는 게 오히려 어려운 상황이었다.

그런데 선생의 대답 또한 이상했다. 예에 대해서는 깐깐하기 그지없는 선생이었다. 조금 과장해서 말한다면 제자들과 주고받는 내용의 절반 이상이 바로 예에 관한 것이었다. 제사 지낼 때 밥뚜껑을 언제 열어야 하는지, 제물은 왼쪽부터 차리는지 오른쪽부터 차리는지, 관례 때는 어떤 술을 써야 하는지, 공자 위패에는 정확히 뭐라 적혀 있어야 하는지 등 돌석이 보기에는 시시콜콜하며 의미도 없는 것들에 대해 밤이 깊도록 열띤 토론을 벌이는 일이 부지기수였다. 그 말들을 듣고 있노라면 어찌나 따분한지 놀러 나갔던 잠도 금세 두 손 모으고 돌아와 눈꺼풀을 사르르 덮을 지경이었다.

그런 선생의 입장에서 볼 때 최준의 행동은 분명 예에 어긋나도 한참 어긋나는 것이리라. 그런데도 뭐라 하기는커녕 오히려 그림 속의 사람 운운하며 노래까지 불렀으니, 돌석으로서는 뭐가 옳고 뭐가 그르며 도대체 무슨 일이 실제로 일어났는지 알 수도 없는 지경에 이른 것이다. 머리를 아무리 굴려도 변변한 해답을 얻을 수 없자 돌석은 머리를 가로젓고는 자리에서 일어났다. 이함형의 의견을 들어보는 것이 좋겠다 싶어서였다. 그런데 그 순간 사립문이 살며시 열렸다.

돌석은 둘째 날의 방문자를 보고는 자기도 모르게 입을 벌리고 말았다. 망치로 한 대 얻어맞은 것처럼 멍해졌다. 지금 돌석 앞에 서 있는 사람은 돌석이 무척이나 잘 알고 있는 처자였다. 최 의원의 무남독녀인 최난희! 최 의원은 마을에 하나밖에 없는 의원으로, 용하다는 명성이 인근 고을에까지 자자하게 퍼진 사람이었다. 스승도 없이 독학으로 익혔다는 의술도 출중했지만 그의 마음 씀씀이는 그 발군의 실력을 훨씬 뛰어넘었다.

가난한 사람들에게 대가 없이 약을 지어 주는 일은 매일같이 일어나는 것이라 말할 거리도 못 되었다. 나이 많은 노인들을 정기적으로 찾아가 몸 상태를 살피는 일은 물론이고, 돌림병으로 사람이 죽어 나간다는 소문을 듣고도 그 동네로 환자들을 찾아가 절반쯤 저승길로 갔던 목숨을 다시 살려 내기도 하는 사람이 바로 최 의원이었다.

늘 병을 달고 다니는 선생에게도 최 의원은 없어서는 안 될 사람이었다. 선생은 몸이 조금이라도 불편하다 싶으면 돌석을 보내 약을 받아 오게 했고, 최 의원 또한 가끔씩 선생을 찾아와 몸 상태를 직접 확인하곤 했다. 보통 한 달에 한두 번은 약을 받으러 가게 되는데 돌석은 그때마다 최난희와 마주쳤다. 그것은 우연한 마주침이 아니었다. 그녀는 일찌감치 세상을 떠난 어미를 대신해 어릴 적부터 아버지의 일을 도왔기 때문이다.

최난희는 의술에도 재능이 있어 최 의원이 자리를 비우면 간단한 약 조제나 침을 놓는 일 정도는 충분히 할 수 있는 실력이었다. 물론 돌석이 그녀와 안면이 있다고 해서 둘 사이가 특별하다고 지레 결론을 내리면 곤란하다. 그녀는 다른 사람을 대하는 것과 똑같은 태도로 돌석을 상대했다. 둘의 나이는 같았지만 동갑의 남녀가 대개 그렇듯 그녀는 돌석에 비해 훨씬 어른스러웠다. 게다가 둘은 신분도, 학식의 수준도 달랐다. 돌석은 그녀에게 깍듯한 경어를 썼고, 그녀는 돌석에게 반말을 썼다.

그녀는 돌석을 보면 꼭 선생의 안부부터 확인한 뒤 서당이 어떻게 돌아가는지를 물었다. 돌석이 성심성의껏 대답하고 나면 그제야 돌석을 최 의원에게로 안내했다. 아주 가끔이기는 하지만 돌석에게 어떻게 지내는지를 묻기도 했다. 그렇지만 그녀의 담담한 태도로 보건대 실제로 돌석의 생활에 관심이 있어서라기보다는 그저 지나가는 인사치레에 가깝다고 보는 것이 옳았다. 무엇 하나 부족함이 없는 깔끔한 응대였으나 돌석은 오히려 그 군더더기 없음이 마음에 들지 않았다. 때문에 돌석은 최 의원에게 약을 받아 오는 길이면 늘 무엇인가 부족하고 속이 막히는 답답한 기분에 사로잡혀 괜히 길가의 돌멩이를 들어 까마귀 떼에게 화풀이를 하곤 했다.

깍듯하고 예의 바르나 좀처럼 틈을 주지 않는 최난희와는 달리 최 의원은 돌석에 대한 호감을 직접적으로 드러냈다. 선생의 병세를 하나도 놓치지 않고 종이에 꼼꼼하게 기록해서 가져온 뒤 그것을 보며 상세하게 설명하는 돌석이, 아들이 없는 최 의원의 마음에 쏙 들었던 모양이다. 최 의원은 돌석에게 가끔씩 맛이라도 보라며 몸에 좋다는 약재를 권하기도 했고, 돌석이 공부에 열심이라는 사실을 안 뒤로는 의서들을 보여 주며 생각지도 못한 제안을 하기도 했다.

"자네, 내 밑에서 의술을 익혀 보면 어떻겠는가?"

사실 의술을 익히고 싶은 마음이야 굴뚝같았다. 그러나 종놈의 신세를 벗어나기 전에는 불가능한 일이었다. 자신의 재능을 높이 평가해 준 최 의원이 고맙기는 하지만 한편으로는 야속하기도 했다. 오르지 못할 산은 쳐다보지도 말라 하지 않았던가. 되지도 못할 일을 자꾸 권해 봤자 돌석으로서는 괜히 마음만 상할 뿐이었다. 돌석의 갈등을 아는지 모르는지 언젠가 한 번 최 의원은 더 적극적으로 나서고 들었다.

"내가 선생님께 말씀드려 볼까?"

선생은 돌석에게 단순한 주인이 아니었다. 부모가 죽고 홀로 남은 돌석을 거둔 사람이 바로 선생이었다. 그가 아니었다면 돌석은 일찌감치 저승길로 방향을 틀었을 터였다. 그렇게 삶과 죽음의 갈림길에서 자신을 구해 낸 선생에게 제 하고 싶은 일을 하기 위해 면천까지 해 달라고 조르는 것은 사람의 도리가 아니었다. 그것이 돌석이 생각하는 예였다. 돌석은 당장이라도 일어나 선생을 찾아갈 것처럼 엉덩이를 들썩거리는 최 의원에게 정색을 하고는 자신의 뜻을 밝혔다.

"무식한 종놈이지만 지킬 것은 지켜야지요. 선생님을 가까이에서 모실 수 있다는 것만으로도 만족합니다."

돌석의 말을 들은 최 의원은 아쉽다는 듯 입맛을 다셨지만 이내 돌석의 말에 수긍했다.

"그렇게 이야기하니 더 욕심이 나는구먼. 그래도 하는 수 없지. 자네의 뜻이 정 그렇다면야."

최 의원의 제안은 그런 식으로 유야무야되고 말았다. 그런데 최 의원이 포기하고 나니 이번에는 돌석이 흔들렸다. 최 의원의 말에 '그렇고말고요.' 하는 뜻이 담긴 얼굴로 고개를 끄덕이기는 했지만 당장 돌아오는 길부터 후회가 밀려왔다. 덕분에 돌석은 제 경박함에 비추어 자신이 선생처럼 훌륭한 인간이 되기에는 애초부터 싹이 노랗다는 사실을 확실히 깨달을 수 있었다.

돌석은 최난희를 보자마자 바로 최 의원을 떠올렸다. 선생이 오가산당에 머문다는 소식이 어느새 마을에 퍼진 것이 분명했다. 그 소식을 들은 최 의원이 자신의 딸을 시켜 선생을 위한 약을 지어 보냈으리라. 그런 짐작을 하던 돌석이 고개를 갸웃거렸다. 최 의원 댁에는 약 심부름을 하는 하인이 따로 있다. 그런데 하나뿐인 딸에게 가파른 산길을 오르도록 한 이유는 도대체 무엇일까. 그것도 꽤 이른 아침부터 말이다.

"선생님께 드릴 약을 가져오신 건가요?"

"그렇긴 하지만 그것 때문에 온 건 아니야."

최난희의 대답에 돌석은 고개를 또다시 갸웃거렸다. 그녀의 대답은 애매하기 그지없었다. 남을 것도 모자랄 것도 없이 똑 떨어졌던 평소와는 사뭇 다른 대답이었다. 약을 가져왔으면 가져온 것이고 아니면 아닌 것이지, 그러하나 아니라는 것은 또 무엇인가. 약 때문에 오가산당을 방문한 것이 아니라면 도대체 왜 이른 아침부터 혼자 선생을 찾아온 것일까.

혹시, 하는 의구심이 슬며시 머리를 내밀었지만 돌석은 이내 그 마음을 지워 버렸다. 그럴 리는 없었다. 선생의 생각이 아무리 다른 이들과는 격이 다르다고 해도 선생 또한 유학자인 이상 처자를 불러들여 가르침을 베풀 정도는 아니었다. 잠시 잠깐 기생을 마음에 둔 것도 몇십 년이 지난 지금까지 마음에 담아 놓고 반성에 반성을 거듭하는 선생이 아니던가. 더군다나 도산은 아주 작은 마을이고, 아무래도 시골은 도회보다 고루하기 마련이었다. 선생이 최난희를 오가산당으로 불러들였다는 사실이 새 나가기라도 한다면 마을 전체가 시끄러워질 터였다.

여러 사정을 고려해 볼 때 선생이 그녀를 불러들였다는 과감한 추정은 그만 포기하는 게 좋을 듯했다. 문제는 다시 원점으로 돌아갔다. 그것도 아니라면 그녀는 왜 이른 아침부터 남자들만 머무는 오가산당에 불쑥 얼굴을 들이민 것일까.

"돌석이 너, 신수가 많이 훤해졌다."

최난희가 지나가듯 뱉은 말에 돌석의 얼굴이 잘 익은 홍시가 되었다. 며칠 전에도 약을 받으러 갔다 마주쳤는데 갑자기 신수가 훤해졌다니 앞뒤가 맞지 않는 말이었다. 허나 돌석은 지금 그런 논리의 허점 따위에는 괘념치 않았다. 다른 여자도 아닌 최 의원의 무남독녀가 자신더러 멋있어졌다고 말하는 것이 아닌가. 평소에는 의례적인 이야기밖에 하지 않던 그녀가 말이다. 잠시 구름 위에 떠 있던 돌석은 자신의 처지를 떠올리고서야 간신히 다시 땅에 발을 디뎠다.

"말씀은 고맙습니다만 저에게는 과찬이네요. 종놈 신수가 훤해 봤자 거기서 거기지요. 실없는 말씀은 그만하시고, 제가 한 가지 여쭙겠습니다. 그럼 여기는 왜 오셨습니까?"

"선생님을 뵈러 왔지."

그 말을 듣는 순간 돌석의 심장이 발끝까지 내려앉았다. 그녀의 표정으로 보아 농을 하는 것 같지는 않았다. 또랑또랑한 두 눈은 농담 따위를 내뱉고 상대의 반응을 떠보는 것과는 도무지 거리가 멀었다.

"거참, 무슨 착각이라도 하신 것은 아닙니까? 선생님께서는…."

돌석의 떨떠름한 반응에 그녀가 얼굴을 잔뜩 찌푸렸다. 더 이상은 못 참겠다는 결기가 느껴져 돌석은 뒤로 한 발짝 물러섰다.

"이 녀석이 정말, 너까지 그렇게 나오기니? 말도 안 통하는 너랑은 더 이상 할 이야기 없으니 어서 선생님을 뵙게 해 줘."

최난희는 금방이라도 돌석을 밀치고 선생의 방으로 갈 기세였다. 때맞춰 나온 이함형이 돌석의 편을 들어주지 않았더라면 아침부터 몹시 꼴사나운 일이 벌어질 뻔했다.

"어떤 사연이 있으신지 잘은 모르겠으나 선생님을 뵙는 일
은 곤란합니다."

이함형의 정중하나 위엄 있는 만류에도 그녀는 좀처럼 생
각을 바꾸지 않았다. 그녀는 고개를 절레절레 흔들더니 들고
있던 보따리를 풀어 편지 한 장을 이함형에게 건넸다.

"남자들이란 참. 보세요, 선생님께서 제게 보낸 답장이에
요. 모월 모시에 이곳에 오너라, 이렇게 되어 있잖아요?"

이함형이 그녀가 내민 편지를 읽었다. 돌석도 옆에서 편지
를 훔쳐보았다. 돌석이 보기에도 그것은 틀림없는 선생의 필
체였다. 선생의 필법은 단아하면서도 장중하기로 유명했다.
사소한 편지라도 결코 흘려서 쓰는 법이 없었다. 그런 식으로
편지를 쓰는 이는 선생밖에 없었다. 답은 오직 한 가지였다.
최난희가 먼저 선생에게 편지를 보내고 선생이 답장을 썼다.
그러니까 선생이 그녀를 이곳으로 불러들인 것이다.

이함형은 잠시 생각에 잠겨 있다가 편지를 들고 선생의 방
문을 두드렸다. 잠시 후 그가 다시 나왔다. 얼굴이 벌게진 그
는 돌석과 최난희를 향해 고개를 끄덕여 보였다. 최난희는 그
럴 줄 알았다는 듯 당당한 걸음걸이로 선생의 방을 향해 갔
다. 돌석은 그녀를 뒤쫓아 가면서 자기도 모르게 깊은 한숨을
내쉬었다.

어제의 경험 때문에 오늘도 결코 쉽지 않은 하루가 되리라고 예상은 했었다. 그러나 이렇게까지 복잡하고 난처한 상황이 닥칠 줄은 미처 예견하지 못했다. 최난희라…. 그녀에 비하면 대장장이 배순은 아무런 흠도 잡을 수 없는 고결한 사람이었다. 선생은 대체 무슨 마음으로 그녀를 오가산당으로 오라 한 것일까.

선생 앞에 무릎을 꿇고 앉아 있는 최난희는 아까와는 너무
나 다른 모습의 처자였다. 돌석을 밀치고라도 방에 들어갈 듯
한 기세는 슬쩍 꼬리를 내린 뒤 어디론가 사라졌고, 그 빈자
리는 앳된 소녀 특유의 다소곳함이 차지해 버렸다. 돌석은 자
기도 모르게 흘깃흘깃 고개를 돌려 그녀의 얼굴을 보았다. 마
음이 설렜다. 이렇듯 가까운 거리에서 그녀의 얼굴을 본 것은
처음이었다. 반듯한 얼굴에서 달콤한 향내가 퍼져 나오는 것
같아 돌석은 저도 모르게 입을 살짝 벌렸다. 이함형이 흐흠,
헛기침을 내뱉었다. 뜨끔해진 돌석은 재빨리 고개를 돌리고
입을 다물었다.

"최 의원께서는 잘 지내고 계시지요?"

"네. 선생님께 전해 드리라면서 이것을 주셨습니다. 작약으

로 만든 약인데 피를 맑게 하고 나쁜 피를 없애는 데 효험이 있다고 합니다."

최난희는 보따리에서 약을 꺼내 선생 앞에 내놓았다. 선생의 얼굴에 웃음이 퍼졌다.

"늘 신세만 지는군요."

"그런 말씀 마십시오."

"최 의원은 참으로 대단하신 분입니다. 사람들 치료하는 일만으로도 눈코 뜰 새 없이 바쁘실 텐데 이 늙은이까지 이렇게 신경 써 주시다니. 저도 젊은 시절 영천에서 의학 공부를 한 적이 있는데, 일찌감치 그만두기를 정말 잘했다는 생각이 듭니다. 저 같은 사람이 의원이 되었으면 허술한 성품 탓에 병을 고치기는커녕 악화시키기만 해 많은 이들을 불편하게 했을 테니까요."

"모르긴 해도 훌륭한 의원이 되셨을 겁니다."

"그렇게 말씀해 주시니 고맙습니다. 그 시절에 봤던 《활인심방》을 통해 몇 가지 건강법을 익힌 게 그나마 다행스러울 뿐입니다. 서설이 길었습니다. 《소학》 공부까지 마치셨다고요?"

선생에게서 공부 이야기가 나오자 최난희의 얼굴에 돌연 생기가 돌았다.

"아버지의 도움으로 《소학》 공부까지는 어찌어찌 마쳤습니다. 《소학》 다음에는 《대학》이라고 해서 공부하려는 참인데 어쩐 일인지 아버지께서 더 이상 도움을 주지 않겠다고 말씀하시는 것입니다. 그렇다면 저 혼자서라도 해 보자, 그렇게 생각하고 《대학》을 읽고 또 읽었습니다. 그런데 《대학》이라는 게 《소학》하고는 완전히 다른 거 있지요? 모르는 글자는 없는데 도무지 그 뜻이 짐작이 안 되는 겁니다. 아버지께서는 더 이상 저를 도와주실 생각이 없어 보이고, 혼자 난관을 돌파하려니 도무지 진전이 없고…. 그래서 혼자서 밥이 죽이 되도록 속을 끓이고 또 끓이다 선생님께 편지를 드린 겁니다. 못 먹는 감 찔러나 보자 하는 심정으로. 아니 그게 아니고요, 그러니까….”

최난희는 자신이 내뱉은 말을 어찌 처리해야 할지 모르는 듯했다. 돌석은 속으로 키득거렸다. 사람들이 선생 앞에서 평소와는 다른 모습을 보이는 것을 지켜보는 것도 쏠쏠한 즐거움이었다.

“괜찮습니다. 무슨 말씀인 줄 잘 알겠습니다. 최 의원께서는 따님 혼자 공부의 묘미를 체득하기를 바라셨군요.”

“저는 그것도 모르고 아버지께 투정까지 부렸습니다.”

“그러셨군요. 그런데 한 가지 아셔야 할 것이 있습니다. 《소학》이 아이들 공부라면 《대학》은 성인을 위한 공부입니다. 공부의 체계와 방법이 모두 《대학》 속에 들어 있으니, 기본 정신을 깨닫고 그에 맞는 행실만 익히면 되는《소학》처럼 단순하지만은 않지요."

선생은 말을 마치고는 돌석의 얼굴을 보았다. 돌석은 자신이 혼자서《대학》과《논어》를 공부하는 것을 들킨 것 같아 고개를 숙이고 말았다.

"공부를 시작하기는 했으나 벽에 다다른 상태로 보는 게 좋겠습니다. 이 고비만 넘긴다면 공부에는 큰 진전이 있을 것입니다. 그런 의미에서 어느 정도 공부에 눈을 뜬 이들이 알아 두어야 할 지침들 몇 가지를 알려 드리면 어떨까 합니다. 새겨 두시면 지금과 같은 병증을 고치는 데 꽤 유용할 테니까요. 돌석아, 서당에서 네게 맡겼던 물건을 가져오너라."

선생이 말하는 물건이란 여인들이 들고 보는 손거울 두 개와 거울을 닦는 약이었다. 선생에게는 필요치 않은 여인네의 물건이어서 이상하게 여겼었는데, 지금 보니 선생은 떠날 때부터 그녀를 염두에 둔 것이었다. 돌석이 자신의 방에서 손거울 두 개와 약통을 가져와 건네자 선생은 두 개를 찬찬히 비교해 보더니 하나는 최난희 앞에, 다른 하나는 돌석 앞에 놓았다. 선생의 속내를 짐작할 수 없어 모두 눈만 멀뚱멀뚱 뜨고 있을 뿐이었다.

"앞에 있는 거울부터 깨끗하게 닦으시지요."

돌석의 눈썹이 위로 올라갔다. 공부에 눈뜬 이를 위한 지침을 준다더니 왜 갑자기 거울을 닦으라고 하는 것일까. 선생은 뜬금없는 과제만 던지고는 더 이상의 설명 없이 밖으로 나가 버렸다. 사립문 열리는 소리까지 난 것으로 보아 오가산당 주위를 한 바퀴 돌고 올 모양이었다. 최난희는 자신 앞에 놓인 거울과 돌석 앞에 놓인 거울을 살펴보고는 고개를 가로저었다. 그러고는 이함형에게 따지듯 물었다.

"늘 이런 식이신가요?"

최난희의 갑작스런 질문에 이함형은 말을 더듬거렸다.

"그, 그게…."

"더듬지 말고 똑바로 이야기를 해 주세요."

"돌석이에게도 말했지만 선생님께서는 생각 없이 명령을 내리시는 분이 아닙니다. 분명 합당한 이유가…."

이함형의 말이 끝나기도 전에 최난희는 돌석 앞에 있던 거울을 빼앗더니 자신의 것과 함께 들어 보였다. 그 동작이 어찌나 격하던지 돌석은 하마터면 그녀의 팔꿈치에 이마를 정통으로 가격당할 뻔했다.

"이 거울들 좀 보세요. 돌석이 것은 더럽긴 해도 닦는 데 그리 오래 걸리진 않겠어요. 그런데 제 것 좀 보세요. 이게 거울 맞나요? 너무 더러워서 이 거울로는 아무것도 볼 수가 없잖아요. 사람을 시험하시려면 똑같은 상태에서 하셔야지 이렇게 티 나도록 남녀 차별을 해서야 되겠습니까?"

그러니까 그녀는 갑자기 거울을 닦으라는 명령에 화가 난 것이 아니라 거울의 상태가 현저하게 다른 데에 화가 난 것이고, 그 이유를 남녀 차별에서 찾은 것이었다. 그녀의 말대로, 두 거울은 달라도 너무 달랐다. 남녀 차별까지 들고 나오는 것은 조금 엉뚱했지만 나름대로 일리 있는 항의였다.

돌석은 선생이 최난희에게 준 거울을 집어 들었다.

"이거 제가 닦겠습니다."

"어머, 그래도 괜찮겠어?"

"그럼요."

그제야 최난희의 얼굴이 밝아졌다. 그녀는 보따리에서 수건을 꺼내더니 약을 묻혀 가며 거울을 닦기 시작했다. 그녀의 고운 손길이 닿은 거울 면은 점차 밝아졌다. 돌석도 자신의 거울, 아니 최난희의 거울을 열심히 닦았다. 거울치고는 꽤나 고약한 거울이었다. 아무리 힘주어 닦아도 거울은 좀처럼 원래의 모습을 드러내지 않았다. 오랜 시간 더러운 채로 방치되어 온갖 구석구석을 굴러다녔는지 낑낑거리며 온 힘을 다해 닦은 뒤에야 아주 조금씩 때가 벗겨질 뿐이었다. 어디서 구해 온 거울인지는 몰라도 밥 먹은 힘을 몽땅 빼기에는 아주 그만이었다.

두 사람이 그렇게 거울 닦는 일에 몰두하는 동안 이함형은 무엇인가를 골똘히 생각하고 있었다. 돌석이 가끔씩 쳐다보았지만 생각에 몰입한 이함형은 아예 돌석의 눈길조차 느끼지 못하는 듯했다.

최난희가 일을 마친 한참 후에야 돌석도 거울 닦기를 끝냈다. 얼마나 열심히 닦았는지 손가락 끝이 얼얼할 지경이었다. 그녀가 돌석의 거울을 흘낏 쳐다보았다.

"야, 너 사내놈이 꽤 꼼꼼하구나."

표정만 보아서는 칭찬인지 비꼼인지 구분하기 어려웠다. 돌석은 뭐라 답할까 고민하다가 그냥 느낀 대로 말했다.

"아가씨도 꽤 잘 닦으셨네요."

"그렇지 않아. 처음부터 별로 더럽지 않았으니까 이 정도 닦은 거야. 원래 내가 뭘 닦고 쓸고 하는 일은 잘 못하거든. 차라리 다른 일을 시키셨으면 좋았을 것을, 책 읽기나 글쓰기나 뭐 그런 거. 우습지?"

최난희의 솔직한 고백에 돌석은 가슴이 다 뭉클해질 지경이었다. 갑작스럽게 등장한 그녀는 돌석의 혼을 완전히 빼놓고 있었다. 두 사람의 대화를 조용히 지켜보던 이함형이 괜히 헛기침을 했다. 오늘따라 유난히 헛기침이 잦았다. 최난희는 그제야 이함형의 존재를 깨달았다는 듯 입을 크게 벌렸다가 손바닥으로 막았다. 그녀가 하는 짓이 꼭 철부지 아이의 행동 같아 돌석은 속으로 웃음을 참았다.

선생이 사립문을 열고 들어오는 소리가 들렸다. 그 순간 뜻밖의 일이 일어났다. 최난희가 재빨리 돌석의 거울과 자신의 거울을 바꾸었다. 그러니까 원래 선생이 주었던 거울로 바꾼 것이다. 워낙 손놀림이 빨랐던 터라 돌석은 무방비 상태로 당할 수밖에 없었다.

잠시 후 방문이 열리더니 선생이 안으로 들어왔다. 자리에 앉지도 않은 채 두 사람이 닦은 거울을 비교해 살펴보는 선생의 얼굴에 알 수 없는 표정이 스쳤다. 그러더니 선생은 입가에 웃음을 머금고 자리에 앉았다.

"어느 정도 공부에 눈뜬 이들, 그러나 벽에 부딪혀 난감한 상황에 처한 이들을 위한 지침을 알려 드린다 했었지요? 이제 그 이야기를 해 보도록 합시다. 이 시기에 중요한 것은 다 그쳐 공부하는 것도 아니고 쉬엄쉬엄 공부하는 것도 아닙니다. 그럼 어떻게 해야 할까요? 주위에서 흔히 볼 수 있는 예를 들어 설명하겠습니다. 알을 품고 있는 닭을 한번 떠올려 봅시다. 닭이 알을 품어 부화시키는 것, 간단해 보여도 실은 그렇지가 않습니다. 잠시도 쉬지 않고 품고 있는 것이 귀찮다 하여 아침에만 품는다거나 급하게 부화시키고자 하는 마음에 뜨거운 물속에 넣어 버리면 어떻게 되겠습니까?"

"부화가 되지 않겠지요."

"그렇겠지요. 닭이 알을 부화시키는 방법은 오직 한 가지뿐입니다. 무엇일까요?"

"어미 닭이 품고 있는 것 아닌가요?"

"그렇습니다. 부화될 때까지 쉼 없이 품고 있는 것입니다. 다른 방법은 없습니다. 알겠습니까?"

선생의 가르침을 요약하자면 '공부하다 벽에 부딪혔을 때는 그저 쉼 없이 꾸준히 공부해라.'일 것이다. 조급증은 아무런 도움도 되지 않는다. 돌석은 달걀을 바구니에 넣듯 선생의 가르침을 머릿속에 쏙쏙 집어넣었다. 다시 조금 전 두 사람이 닦은 거울을 집어 들고 꼼꼼히 살펴보던 선생이 최난희에게 물었다.

"거울 닦는 게 생각보다 힘들지요?"

선생의 질문에 얼굴이 붉어진 그녀가 고개를 푹 숙이더니 제 입으로 진실을 밝혔다.

"선생님, 죄송합니다. 선생님 앞에서 더 이상 거짓말은 못하겠습니다. 실은 제 거울을 돌석이가 닦아 주었습니다. 제가 거울 닦는 일에는 익숙하지가 않아서…."

"괜찮습니다. 집안일보다 책 읽기에 더 많은 시간을 쓰신다는 것은 최 의원에게 이미 전해 들었습니다. 그러니 그 점에 대해서는 괘념치 마시기 바랍니다. 다만 제가 궁금한 것은 거울을 닦으라는 과제를 수행하면서 어떤 생각을 하셨나 하는 것입니다."

"제가 생각한 것은 '일신우일신日新又日新, 매일매일 새롭고 또 새로워라.' 하는 말이었습니다. 거울을 닦는 마음으로 하루하루를 새롭게 맞아라, 그렇듯 반짝이는 마음을 갖기 위해서는 쉴 새 없이 공부를 해라, 뭐 이 정도였습니다."

"허허, 탕왕의 세숫대야에 새겨져 있는 경구를 인용하셨군요. 탕왕은 얼굴만이 아니라 마음까지 새로워지기를 바라는 마음으로 그 경구를 새기셨던 것이지요. 훌륭한 답변입니다. 말씀하신 대로 거울은 마음과 같습니다. 거울에 티끌이 있으면 사물이 잘 비쳐지지 않듯 마음에도 티끌이 있으면 만사를 그르치게 됩니다. 그러니 마음 닦는 공부를 잠시라도 멈추지 않아야 하겠지요. 돌석아, 너는 무슨 생각을 했느냐?"

돌석은 대답을 하려다가 멈칫했다. 최난희의 답변을 들으면서 머릿속에 생겨나는 궁금증을 좀처럼 해결하지 못했기 때문이다. 그녀의 답변은 군더더기 없이 매끈하고 훌륭했지만 왠지 선생이 원하는 답변은 아닌 것 같았다. 그녀가 한 대답은 선생이 왜 더러움의 정도가 다른 두 개의 거울을 주었나 하는 부분에 대한 해답이 되지 못했다. 분명 그 지점에 선생의 가르침이 자리하고 있을 터였다.

돌석은 선생의 의도를 짐작하기 위해 애를 써 봤지만 이는 그의 수준을 넘어서는 문제였다. 돌석은 모르면 모르는 대로 솔직하게 자신의 고민을 털어놓기로 했다.

"좀 엉뚱합니다만, 왜 더러움의 정도가 다른 두 개의 거울

일까 하는 생각을 했습니다."

"그래, 왜 두 개의 거울인지 그 이유를 짐작하겠느냐?"

"그것까지는…."

"이 군, 자네도 생각해 봤을 터이니 대답해 보게나."

"네, 선생님. 공부하는 것은 거울을 닦는 일에 비유할 수 있습니다. 거울은 본래 밝은 것이지만 먼지와 때가 겹겹이 끼면 그 밝음을 잃게 되지요. 그런 때는 약을 묻혀 잘 닦아야 합니다. 그런데 오랜 기간에 걸쳐 더러워진 거울을 닦기란 여간 힘든 것이 아닙니다. 특히나 처음 닦을 때는 더더욱 그렇습니다. 온 힘을 다해 닦아도 거울은 그다지 깨끗해지지 않습니다. 온 힘을 다해 닦기를 여러 번 반복해야 비로소 원래의 밝음을 되찾을 수 있지요. 그러나 일단 닦아 놓기만 하면 이야기는 달라집니다. 두 번, 세 번, 네 번, 닦는 횟수가 늘어날수록 드는 힘은 줄어들고, 거울은 이전보다 훨씬 빨리 제 모습을 드러내는 것이지요. 공부도 그렇습니다. 처음의 고비를 넘기기가 가장 힘듭니다. 아무리 해도 나아지는 게 느껴지지 않아 속이 터질 지경이지요. 포기의 유혹도 따릅니다. 바로 그때가 중요합니다. 힘들더라도 쉬지 않고 공부에 매진해 그 고비를 무사히 넘기면 그 뒤로는 고통스럽기는커녕 날로 거울이 밝아지는 듯한 기쁨을 맛볼 수 있는 것입니다."

돌석의 생각이 맞았다. 더러움의 정도가 다른 거울 두 개를 준비한 데에는 다 이유가 있었다. 선생은 심하게 더러운 거울을 통해서는 공부의 고비를, 덜 더러운 거울을 통해서는 날로 밝아지는 기쁨을 설명하기 위해 거울을 두 개 준비한 것이다. 선생이 피곤한 듯 손가락으로 눈 주위를 문질렀다. 그러자 선생의 눈에서 주르르 눈물이 흘렀다. 돌석은 얼른 선생에게 수건을 건넸다.

"이룬 일 없이 나이만 많이 먹은 탓에 이즈음에는 쉽사리 피곤해집니다. 조금 쉬었다 하는 것이 어떻겠습니까? 제가 쉬는 동안 나가서 따뜻한 볕을 쐬며 자연의 오묘한 기운을 느끼도록 하십시오."

"선생님, 정말 괜찮으시겠습니까?"

"잠시 눈을 붙이면 괜찮아질 터이니 너무 염려 말게나."

선생은 곁에 머물며 상태를 지켜보겠다고 말하는 이함형의 요청을 단호히 거절했다. 세 사람은 선생에게 절을 한 후 자리에서 일어났다. 밖으로 나가려는데 선생이 나지막하게 돌석을 불렀다.

"돌석아, 잠깐만 남아 있거라."

두 사람이 나가고 돌석만 혼자 남자 선생이 말없이 돌석의 얼굴을 보았다. 늘 선생 곁에 머물렀지만 그렇듯 빤히 보는 것은 처음이라 조금은 당혹스러웠다.

"돌석아, 거울을 바꿔 닦자고 한 것은 바로 너겠지?"

"죄송합니다."

"죄송하긴. 그런데 왜 그랬느냐?"

"아가씨가 힘들어하는 것 같아서…. 저야 뭐 늘 하는 일이니까요."

"지금의 그 마음, 영원히 잊지 말거라."

"네?"

"아무래도 안 되겠다. 잠깐이라도 눈을 붙여야겠다."

선생은 뜻 모를 말만 내뱉고는 안석案席에 살짝 기댄 채 그대로 눈을 감았다. 일과 중에는 절대 눕지 않는 것이 선생의 원칙이었다. 돌석은 다시 한번 선생에게 절을 한 뒤 조용히 방에서 나왔다.

마음이 흔들리다 /

　돌석이 선생의 방에서 나오자마자 이함형이 자기 방으로 들어가는 바람에 마루에는 두 사람만 남게 되었다. 최난희가 이함형이 사라진 방 쪽을 보며 입을 삐죽거렸다.

　"돌석아, 저 선비님은 왜 저러신다니?"

　"공부를 하시려는 것이겠지요. 잠시 틈만 나도 책을 읽으시는 분이니까요."

　"그게 아니라 왜 이렇게 나를 소 닭 보듯 하신다니?"

　"글쎄요⋯."

　"보아하니 꽉 막히신 양반인가 보다. 여자인 내가 선생님을 찾아온 것에 대해 불만을 갖고 계신 게 틀림없어. 돌석이 너도 그렇게 생각하니? 음과 양이 멋지게 조화를 이루는 게 아니라 양인 남자가 음인 여자를 억누르고 계도하는 게 옳다고 믿느냔 말이야."

"글쎄요⋯."

"무슨 대답이 그래? 그러면 그렇다, 아니면 아니다, 이렇게
는 못하니?"

최난희의 질책에 돌석의 속이 끓었다. 웬만하면 그녀의 말
에 수긍하려 했지만 이건 좀 아니다 싶었다. 돌석은 여태껏
참아 왔던 속내를 숨김없이 털어놓았다.

"음양의 조화 운운하는 이야기는 어려워서 잘 모르겠습니
다. 다만 진사님에 대해 함부로 말씀하시지 않았으면 하는 생
각은 드네요. 나이는 많지 않으셔도 생각이 깊고 행실도 바른
분입니다. 남 탓하지 마시고 입장을 바꿔 놓고 생각해 보면
안 되겠습니까? 남자들만 머무는 곳에 갑작스럽게 마을 처자
가 찾아와 격식도 갖추지 않은 채 무작정 공부의 요령을 묻는
다면 아가씨께서는 도대체 어떻게 응대를 하겠습니까? 너무
갑작스러워 당황스럽고, 게다가 상대의 무례함에는 화도 나
시겠지요? 음양의 조화 이전에 그것은 차라리 예의 문제 아닐
까요?"

"그건⋯."

"제가 보기에 진사님께서는 지금 선생님을 생각해 꾹꾹 참
고 계신 겁니다. 그런 분한테 꽉 막힌 분이라고 비난하듯 말
씀하시는 건 앞뒤가 맞지 않습니다."

"상대방의 입장에서 생각해 봐라 이거구나.

"그냥 한번 생각해 보시라는 의미에서 드린 말씀입니다."

"알겠어. 안 그래도 아버지께서 그 말씀을 여러 번 하셨어. 꿋꿋한 건 좋지만 남 생각도 해야 한다고. 그런데…, 너 혹시 아까 거울 바꾼 것 때문에 아직도 화가 나 있는 거니?"

"아닙니다, 화는 무슨. 저는 그렇게 앞뒤 꽉 막힌 꽁생원은 아니라고요."

"그건 정말 미안하게 됐어. 도리가 아니란 건 알지만 그렇게 해서라도 선생님 눈에 들고 싶었거든. 내 생각이 짧았지."

거울을 바꾼 것에 대해 전혀 마음을 쓰지 않았다고 한다면 거짓일 터였다. 힘들게 닦은 거울을 아무 말 없이 다시 가져가 버렸을 때는 불쑥 화가 치솟기도 했다. 그렇지만 그녀가 미안해할 정도로 심각한 상황은 아니었다. 노비 중에서도 나이 어린 축에 드는 돌석에게 그런 장면은 익숙한 것이었으므로.

돌석은 자신의 잘못을 즉각 인정하는 그녀의 태도가 마음에 쏙 들었다. 그런 그녀에게 괜히 되지도 않는 설교를 늘어놓았나 싶어 이번에는 돌석이 미안해졌다. 잔소리꾼인 선생 곁에 있다 보니 영향을 받은 것 같았다.

"저건 뭐니?"

최난희가 가리키는 건 커다란 호롱박처럼 생긴 투호였다.

정신을 집중하고 마음을 다잡는 데 좋다며 선생이 장려하는 놀이였다. 선생은 서당에서 가끔씩 제자들에게 투호 놀이를 시키고는 옆에서 가만히 지켜보곤 했다.

그녀는 바로 일어나 죽시(투호용 화살)를 들더니 한 걸음 정도 떨어진 곳에서 투호를 향해 던졌다. 그러고는 죽시가 투호 안에 들어가자 어린애처럼 손뼉을 치며 좋아했다. 돌석이 그녀에게 다가가 손사래를 쳤다.

"그렇게 가까이에서 던지는 게 아닙니다. 죽시의 두 살 반 정도 되는 거리에서 던져야지요."

그녀는 문제없다는 듯 돌석이 바닥에 그어 놓은 선 뒤로 물러서더니 다시 죽시를 던졌다. 이번에는 죽시가 투호 근처에도 미치지 못했다. 몇 번을 던져도 투호 안에 들어가지 않자 그녀의 얼굴에 짜증이 묻어나기 시작했다. 그녀가 잘 참는 처자가 아니라는 것은 의심할 여지조차 없었다. 조용히 지켜보던 돌석이 나섰다.

"이렇게 던지는 겁니다. 멀리 던지겠다고 어깨에 힘을 줘서는 안 됩니다. 양쪽 어깨의 균형을 유지하고 부드럽게 손을 뻗어 죽시를 던지면…."

돌석이 던진 죽시가 정확하게 투호 안에 들어가자 최난희의 눈이 커졌다. 그녀는 다시 돌석이 알려 준 방법대로 죽시를 던졌다. 처음에는 죽시가 투호 근처에도 가지 않았지만 자꾸 반복하자 투호 근처를 맴돌더니 드디어 안으로 들어갔다. 그 순간 최난희가 돌석을 향해 두 주먹을 불끈 쥐어 보여, 돌석은 자기도 모르게 웃고 말았다. 주먹을 쥐어 보이다니, 가장 너그러운 기준을 적용한다 해도 그것은 규중처자의 행동으로는 결코 적합하지 못했다.

최난희는 그런 일에는 조금도 괘념치 않는 듯했다. 죽시 서너 개를 더 던진 그녀는 땀을 닦더니 툇마루로 와 돌석 옆에 앉았다. 돌석은 엉덩이를 살짝 움직여 슬쩍 옆으로 자리를 옮겼다. 최난희가 소리 없이 웃고는 유난히 친근한 목소리로 말을 걸었다.

"돌석아, 뭐 하나 물어봐도 될까?"

"그러세요."

"선생님의 둘째 며느리 있잖아, 선생님께서 개가시키셨다는 소문이 사실이니?"

"그런 소문은 어디서 들으셨습니까?"

돌석은 얼굴색을 바꾸고 짐짓 화가 난 척했다. 사실 여부를 떠나서 유학자인 선생이 며느리를 개가시켰다는 이야기가 세간에 떠돌아서 좋을 것은 없었다.

"마을 사람들 다 알고 있는 일인데 뭘. 그런데 사람마다 조금씩 이야기가 다르니 내 속이 답답하구나. 어떻게 된 일인지 자세히 이야기를 좀 해 줘."

"저는 모르는 일입니다. 제가 태어나기도 전에 일어난 일이 니까요."

"그래도 들은 게 있을 거 아니야."

"글쎄요."

"정말 이렇게 뻣뻣하게 나오기니?"

최난희가 눈을 잔뜩 치켜떴다. 겁을 주려는 모양이었지만 무섭기는커녕 귀엽기만 했다. 돌석이 참다못해 피식 웃음을 보이자 그녀는 자리에서 벌떡 일어났다. 화가 났음을 보이기 위해 입을 삐쭉 내밀고 있었지만 왠지 꾸민 티가 역력했다. 돌석은 하는 수 없다는 듯 고개를 절레절레 젓고는 그녀를 다시 앉게 했다.

"제가 하는 이야기는 잇금이 할머니에게 들은 이야기입니다. 그러니까 제가 직접 겪은 일은 아니란 말이지요."

"알겠으니까 빨리 이야기해 봐."

"사실과 어긋난 부분이 있을 수도 있다 이 말입니다."

"알았다니까."

"그러니까…."

"빨리 시작하지 못하겠니?"

"선생님께는 스무 살 난 둘째 아들이 있었습니다. 이름은 채라고 하는데 채 도련님은 이웃 마을의 양갓집 규수와 정혼을 한 사이였습니다. 그런데 혼례를 올리기 며칠 전 그만 채 도련님께서 세상을 떠나고 말았습니다. 선생님께서는 큰 슬픔에 빠지셨지요. 그런데 선생님은 그 슬픔을 제대로 드러낼 수도 없었습니다. 채 도련님과 정혼한 양갓집 규수가 계속 마음에 걸렸기 때문이죠."

갑작스럽게 아들을 잃은 선생은 맏아들 준을 시켜 책임지고 장례를 치르도록 했다. 그날따라 눈보라가 몰아치는 바람에 장례에 참석한 사람들은 고생이 이만저만이 아니었다. 게다가 장례를 치를 비용도 부족해 선생의 이름을 대고 여기저기서 급전을 융통해야 했으니 남은 이들의 가슴은 더욱 메었다. 그 모든 난관 끝에 어찌어찌 장례 절차를 모두 마쳤다.

선생은 밤늦게 며느리를 불러들였다. 며칠 새 며느리는 얼굴이 반쪽이 되어 있었지만, 선생의 가슴을 더 아프게 한 것은 육신의 변화보다 며느리의 얼굴에 드리워진 짙은 어둠이었다. 조선의 법도대로라면 며느리는 정식 혼례를 올리지 않았음에도 평생 과부로 혼자 살아야 했다. 선생은 평소 누구보다 예를 중시하는 사람이지만, 채 스물도 안 된 며느리를 평생 혼자 수절하게 한다는 것은 한 사람을 망치는 일이 분명하다고 생각했다.

"이 집을 떠나거라."

어리둥절해하는 며느리에게 선생이 차근차근 설명했다.

"이 집을 떠나 친정으로 돌아가거라. 그런 후 평생을 해로할 새 사람을 만나거라."

"아버님…."

"죽은 자식을 되살릴 수는 없다. 얼굴도 제대로 못 본 내 자식을 위해 일생토록 수절을 강요할 수는 없지. 예란 본래 형식보다 내용이 중요한 것이니라. 사람에게 해가 된다면 그것은 결코 좋은 형식이라 할 수 없지."

며느리는 그럴 수 없다며 거절했지만 선생의 뜻은 완강했다. 결국 며느리는 그날 밤 선생 댁을 떠나 자기 집으로 돌아갔다. 이후 며느리가 어찌 살고 있는지는 알려지지 않았다. 다만 새 사람을 만나 새로운 인생을 살고 있다는 소문만이 전해질 뿐이다.

❀ ❀ ❀

"선생님은 정말 대단하신 분이구나. 자신의 체통만 생각했더라면 결코 그렇게는 할 수 없었을 텐데."

"체통보다는 한 사람의 인생이 더 중요하다고 여기신 것이겠지요."

최난희가 감탄에 감탄을 거듭하는 동안 돌석은 그녀에게 털어놓지 않은 일 한 가지를 떠올렸다. 지금도 그 며느리가 선생을 잊지 않고 찾아온다는 사실이었다. 선생과 며느리, 그리고 돌석을 포함한 몇몇밖에 모르는 비밀 중의 비밀이었다.

일 년에 한 번씩, 그러니까 죽은 채의 기일이 되면 며느리가 밤늦게 선생을 찾아오는 것이다.

몇 해 전까지만 해도 잇금이 할머니가 그녀를 맞이했는데, 할머니의 건강이 나빠지면서 돌석이 대신 그 일을 맡게 되었다. 그래서 그날이 되면 돌석은 문밖에서 기다리고 있다가 다른 이들의 이목을 피해 밤늦게 찾아온 며느리를 선생에게로 데려가는 것이다. 그러면 그녀는 선생에게 절을 올리고는 준비해 온 음식과 옷가지들을 내놓았다. 또 선생의 안부를 묻고 잠시 이야기를 나누다 하직 인사를 올리고는 들어왔던 것처럼 조심스럽게 집을 빠져나가는 것이다.

벌써 이십 년이 넘었지만 며느리는 한 해도 거르지 않고 선생을 찾아오고 있다고 했다. 최난희가 들으면 감동받을 만한 이야기였지만 돌석은 입을 꾹 닫기로 마음먹었다. 그것은 제자들도 모르는, 돌석만이 알고 있는 선생의 비밀이므로.

선생의 방문이 열렸다. 선생이 밖으로 나오자 최난희와 돌석은 자리에서 일어서 선생을 맞이했다. 그 기척을 들은 이함형도 재빨리 밖으로 나와 고개를 숙이고 섰다. 그 순간 최난희의 입에서 뜻밖의 말이 나왔다.

"선비님, 저와 투호 대결을 하시는 게 어떻겠습니까?"

이함형의 두 눈이 커졌다. 그가 대답하기도 전에 선생이 손뼉을 쳤다.

"그것도 재미있겠군요. 그럼 저는 여기 앉아서 두 사람의 대결을 지켜보겠습니다."

이함형은 할 말이 있는 듯 입을 벌렸지만 이내 고개를 젓고는 입을 다물었다. 선생의 말이 떨어진 이상 대결을 피할 수 없음을 깨달은 것이리라. 돌석이 나서서 규칙을 정했다. 한 사람당 죽시 일곱 개씩을 던져 많이 넣는 쪽이 이기는 것으로 했다. 최난희가 먼저 던지겠다고 나섰다. 그녀는 결코 질 수 없다는 듯 이를 악물고 던져 일곱 개 중에 세 개를 넣었다. 오늘 투호 놀이를 처음 하는 사람이라고 믿을 수 없을 정도의 좋은 성적이었다.

돌석은 내심 감탄했지만 아무리 그래도 이함형을 이길 수는 없을 거라 생각했다. 그는 일곱 개를 던지면 여섯 개 정도를 집어넣는 빼어난 실력의 소유자였다. 그 하나도 일부러 넣지 않는 경우가 많았다. 서당에서 제자들끼리 대결을 할 때도 결코 지는 법이 없었다.

드디어 이함형이 죽시를 들고 자리에 섰다. 그런데 그를 본 돌석이 고개를 갸웃거렸다. 죽시를 던질 준비를 하는 그의 동작이 평소와는 달랐기 때문이다. 어깨가 흔들리는 데다, 죽시를 잡은 손에도 잔뜩 힘이 들어가 있었다. 아무리 실력자라 해도 그런 자세로 죽시를 투호 안에 넣을 수는 없을 것이다. 결과는 돌석의 예상대로였다. 처음 네 개를 던지는 동안 투호 안에 들어간 죽시는 한 개도 없었다.

이함형이 잠시 죽시 던지는 것을 멈추고 서너 차례 심호흡을 했다. 마음을 다잡은 덕분일까, 이후 던진 두 개는 모두 정확히 투호 안으로 들어갔다. 그러나 마지막 하나가 문제였다. 그의 손을 떠난 마지막 죽시는 투호의 귀를 때리더니 밖으로 나가 버렸다. 초조한 듯 엄지를 입에 넣고 이함형을 지켜보던 최난희가 또다시 두 주먹을 불끈 쥐어 보였다. 돌석은 이 뜻밖의 사태에 어떻게 반응해야 할지 알 수가 없었다. 최난희를 따라 좋아해야 하는지 이함형의 편을 들어 시무룩해져야 하는지. 이함형은 아무렇지도 않은 듯 입가에 옅은 미소마저 띠고 있었다. 그러나 진심은 불처럼 타오르는 얼굴에 훤히 드러나 있었다.

돌석은 자신의 혼란스러운 머릿속을 정리하기 위해서라도 무엇인가 한마디 해야 할 필요를 느꼈다.

"진사님, 일부로 지신 거지요?"

"으응? 아…, 그거."

돌석의 은근한 편들기에 최난희가 바로 반론을 제기했다.

"무슨 소리야? 그럼 선비님께서 일부러 죽시를 빗나가게 던지시기라도 했다는 거니?"

"진사님은 평소에 죽시 일곱 개를 던지면 여섯 개 정도는 능히 성공시키는 분입니다. 그러니….."

"돌석아, 그만해라. 이 시합은 분명히 내가 진 것이다."

이함형의 대답으로 상황은 정리되었다. 돌석은 입술을 잘근잘근 깨물었다. 시합을 처음부터 끝까지 지켜보았음에도 그가 제 실력을 발휘했다고는 도저히 믿을 수 없었다. 진실을 아는 이는 오직 이함형뿐이리라. 하지만 그는 입을 굳게 다물고 있을 뿐 더 이상 이 문제에 대해 왈가왈부할 생각이 없어 보였다. 그때 선생이 뜻밖의 제안을 했다.

"돌석이 네가 한번 해 보지 않겠느냐?"

"제가요?"

이번에는 최난희가 손뼉까지 치는 바람에 돌석으로서도 거절하기가 어려웠다. 죽시를 들고 선 돌석이 정신을 집중한 후 던졌다. 빗나갔다. 다음 것도, 그다음 것도…. 마지막 하나만이 간신히 투호 안으로 들어갔을 뿐이었다.

"돌석이 너, 아까는 잘 던졌잖아?"

"아까는 운이 좋았던 거지요. 아이참, 더 잘할 수 있었는데 아쉽습니다. 적어도 진사님한테는 이길 수 있었는데."

돌석이 잔뜩 인상을 쓰며 아쉬워하는 표정을 지어 보이자 이함형이 웃으며 응대했다.

"이 녀석, 아주 나를 만만하게 보는구나."

"아, 죄송합니다."

돌석 덕분에 자못 팽팽했던 분위기가 다시 느슨해졌다. 선생이 방 안으로 들어가며 말했다.

"좋은 대결을 보았습니다. 그럼 아까 못 다한 이야기를 계속하도록 할까요?"

　선생이 말하는 동안 돌석은 선생의 얼굴을 주시했다. 밖에 있을 때는 몰랐는데 가까이에서 보니 얼굴빛이 무척이나 창백했다. 조금만 활동하고도 쉽게 피로를 느끼고, 아침저녁으로 변하기까지 하는 선생의 건강 상태가 돌석을 걱정스럽게 만들었다. 하지만 그렇다고 돌석이 선생을 위해 할 수 있는 일은 많지 않았다. 선생은 깨어 있는 시간의 대부분을 제자들과 함께 보냈다. 예전에도 제자 교육에 열심이었던 선생이지만 이즈음에는 더욱 열정적으로 가르침에 몰두하고 있었다.

　완락재와 농암정사 두 곳 모두 밤늦게까지 불이 켜져 있는 경우가 잦았다. 돌석으로서는 먼발치에서 바라보기만 할 뿐 특별히 손 쓸 방법이 없었다. 그저 선생이 잠자리에 들기 전 꿀물 한 잔을 준비해 가져가는 것이 고작이었다. 어쩌면 이번 청량산행은 부쩍 나빠진 선생의 건강과도 연관이 있을 수 있었다. 선생은 마지막으로 청량산을 방문해 옛 시절을 추억하고는 자신이 젊은 시절 홀로 공부하며 체득했던 지혜를 애제자인 이함형에게 전수해 주려는 것인지도 모른다.

문제는 이함형이었다. 청량산에서의 그는 서당에서의 이함형이 아니었다. 늘 침착하고 진중하고 꾸밈없던 군자 이함형이 청량산에서는 조그마한 일에도 흔들리고 수시로 안색이 변하는 소인의 모습을 보이고 있었다. 최난희에게는 그럴 리 없다고 잡아뗐지만 그녀에게 보인 노골적 경멸도 평소 그의 태도와는 사뭇 달랐다. 선생의 예를 따라 노비들에게도 진심을 담아 대하던 그가 아니던가. 도대체 그의 마음속에서 무슨 일이 일어나고 있는 것일까. 그렇듯 이 생각 저 생각을 하며 선생의 가르침을 듣던 돌석의 머릿속에 문득 《논어》의 한 구절이 생각났다.

부모의 나이는 항상 염두에 두어야 한다.
한편으로는 기쁘고 한편으로는 두렵기 때문이다.

선생이 일흔까지 살아 있다는 것이 돌석에게는 크나큰 축복이었다. 하지만 반대로 생각해 보면 선생이 앞으로 살날이 얼마 남지 않았음을 뜻하는 것이기도 했다. 물론 지금으로서는 떠올리기도 싫은 일이지만 이함형의 영향을 받은 것일까, 아니면 세상과 떨어진 산이라는 장소가 그렇게 만드는 것일까, 돌석도 청량산에 온 이후 부쩍 잡스러운 생각이 많아져 제대로 정신을 집중하지 못하고 있었다. 돌석은 두 눈을 질끈 감았다 뜨는 것으로 흔들리는 마음을 다잡으려 애썼다.

"꾸준히 공부하는 것으로써 고비를 넘겼다면 이제 공부를 즐길 차례입니다. 아는 것은 좋아하는 것만 못하고, 좋아하는 것은 즐거워하는 것만 못합니다. 아무것도 모르는 상태에서 무엇인가를 알기 위해서는 열심히 공부해야 합니다. 그러할 때 공부의 목표는 무지를 극복하는 일입니다. 목표가 목표인 만큼 싫더라도 일정한 시간 이상을 지속적으로 투자해 공부를 해야 하는 것이지요.

그 시기를 넘어서면 비로소 좋아서 공부를 하는 단계에 이릅니다. 억지로 해야 할 것은 점점 없어지고 공부해서 새로운 사실을 깨닫는 것이 참으로 좋기 때문에, 솔개가 하늘을 날듯 물고기가 물속에서 뛰놀듯 자연스럽게 공부를 하게 되는 것입니다.

공부의 최종 단계는 즐기는 단계입니다. 이 시기가 되면 더 이상 알고 모르는 것에 연연하지 않습니다. 뼈 빠지게 가난해 하루하루 먹을 음식은 물론이고 마실 물까지도 걱정해야 했던 공자의 수제자 안회가 그런 처참한 상황에서도 늘 즐거워

했던 까닭이 무엇이겠습니까? 바로 그가 공부를 즐기는 단계에 이른 사람이었기 때문입니다.

물론 지금은 먼 훗날의 이야기처럼 들리겠지요. 그러나 공부를 시작하고 더 어려운 단계에서 굴복하지 않고 넘어서려는 마음을 먹은 이상 아는 것, 좋아하는 것, 즐기는 것으로 이어지는 공부의 단계는 반드시 알고 있어야 합니다. 그래야 자신이 어느 정도에 와 있는지를 알고 부족하다고 느껴지면 자신을 더욱 채찍질할 수 있을 테니까요."

아는 것, 좋아하는 것, 즐기는 것이라…. 지금 돌석의 단계는 복잡하게 생각할 것도 없었다. 아는 것에도 못 미칠 것이 분명할 테니까. 돌석에게 책에 쓰인 글들은 해독을 위해 존재하는 암호문에 지나지 않았다. 글의 뜻을 파악하기에도 바쁜 돌석에게는 가장 하급 단계, 제대로 아는 것도 영원히 도달하기 어려운 경지로만 느껴졌다. 그러나 한편으로는 선생의 말에 고개를 끄덕거리는 또 다른 돌석이 있었다. 그 돌석은 이렇게 말한다.

'분명 아는 것의 단계가 올 터이고, 그 단계를 넘어 좋아하는 것, 즐기는 것에 이르는 단계가 오리라. 얼마나 오래 걸리느냐는 중요하지 않다. 선생 곁에서 배우고 익히는 일을 게을리하지만 않는다면 언젠가는, 죽기 전 어느 날에는 반드시 도달하고야 말리라.'

선생의 말에 고개 젓는 또 다른 돌석이 나섰다. 천출이 그래서 무엇을 할 것인가. 아는 게 많아 봤자 괜히 마음만 더 아프지 않겠는가. 제 분수도 모른다고 사람들의 입방아에만 오르지 않겠는가. 돌석은 두 의견을 비교해 보고는 후자의 의견에 손을 들어 주었다. 합리적 선택을 했음에도 깊은 한숨이 터져 나오는 것은 도대체 무슨 까닭인가. 몹쓸 마음이 아닐수 없었다. 최난희가 잠시 주저하다 입을 열었다.

　"선생님, 한 가지 여쭤볼 것이 있습니다."

　"말씀하십시오."

　"위기지학爲己之學이라는 말이 있던데 도무지 이해가 되지 않습니다. 나를 위한 공부와 세상을 위한 공부 중 나를 위한 공부를 고른 셈이잖아요."

　그녀는 질문이라면서도 자신의 생각을 분명하게 밝히지 않았다. 그러나 그녀는 사실 자신의 내면을 밝히기 위한 공부가 중요한지, 아니면 세상에서 유용하게 쓰일 수 있는 공부가 중요한지를 물은 것이다. 물론 그녀의 방점은 세상 쪽에 찍혀 있을 터였다. '위기지학'이라는 말 또한 귀동냥으로 수없이 들었던 터라 돌석은 선생의 답변에 귀를 쫑긋 세웠다.

　"처자께서는 어떻게 생각하십니까?"

　"세상을 위한 공부가 중요한 것 아닌가요? 돼지 목에 진주 목걸이라는 말이 있듯 무언가 의미 있는 것을 위해 활용되지 않는 공부는 의미가 없는 것 아닌가요?"

선생이 되묻자 최난희는 자신의 심중을 명확히 드러냈다. 선생은 지그시 웃은 뒤에 답변을 이함형에게 미루었다.

"《대학》을 읽으신다니 《대학》의 구절을 예로 들겠습니다. 《대학》의 삼강령, 팔조목이 바로 지금 질문하신 것에 대한 답을 담고 있는 부분입니다. 삼강령이란 밝은 덕을 밝히는 것, 백성을 새롭게 하는 것, 지선至善에 머무르는 것, 이렇게 세 가지입니다. 팔조목이란 격물格物, 치지致知, 성의誠意, 정심正心, 수신修身, 제가齊家, 치국治國, 평천하平天下입니다. 격물에서 수신까지는 밝은 덕을 밝히는 것에 속하고, 제가에서 평천하까지는 백성을 새롭게 하는 것에 속합니다. 이 가운데 밝은 덕을 밝히는 것은 자기 자신이 지선에 머무르는 것이며, 백성을 새롭게 하는 것은 사람들을 지선에 머물도록 하는 것입니다.

삼강령, 팔조목을 나열한 뒤 《대학》은 이렇게 선언하고 있습니다. '사물에는 근본과 말단이 있고, 일에는 끝과 시작이 있다. 먼저 하고 뒤에 할 바를 알면 도에 가까우니라.' 이 말의 뜻은 몸을 닦는 것을 근본으로 삼아야 한다는 것입니다. 밝은 덕을 천하에 밝히고자 하는 사람은 먼저 그 나라를 다스리고, 그 나라를 다스리고자 하는 사람은 먼저 그 집안을 가지런히 하며, 그 집안을 가지런히 하려는 사람은 먼저 그 몸을 닦고,

그 몸을 닦고자 하는 사람은 먼저 그 마음을 바르게 하며, 그 마음을 바르게 하고자 하는 사람은 먼저 그 뜻을 진실되게 하고, 그 뜻을 진실되게 하고자 하는 사람은 먼저 그 앎을 극진하게 하였으니, 앎을 극진하게 함은 사물을 궁리함에 달려 있는 것입니다. 다시 말씀드리지만 근본이 어지러운데 말단이 다스려지는 법은 없습니다. 자신을 위한 공부가 되지 않는다면 아무것도 제대로 할 수 없다는 말씀이지요.”

이함형의 차분하면서도 빈틈없어 보이는 설명을 듣던 돌석의 머리에 한 가지 의문이 들었다. 평소 같으면 주저했겠지만 질문을 아끼지 말라는 선생의 공부 지침을 이미 뼛속 깊이 새긴 뒤였기에 돌석이 이함형에게 질문을 던졌다.

“그렇다면 언제까지 자신을 위한 공부를 해야 하는 것인가요? 사물을 궁리해 앎을 극진하게 해야 한다고 했는데, 사물이 수도 없이 많으니 안다는 것은 도무지 끝이 없지 않습니까? 그렇다면 평생 수신만 하다 끝나는 것은 아닌가 하는 생각이 듭니다.”

“그것은….”

이함형이 잠시 머뭇거리자 오가는 문답에 귀를 기울이던 선생이 대신 답을 했다.

“천하에 도가 있으면 나타나고, 도가 없으면 숨는 것이지. 군자가 할 일은 그저 자신을 잘 닦아 두는 일뿐이야. 그런 뒤 자신의 몸을 던질 곳을 찾으면 되는 것이라네."

돌석으로서는 들어도 그 의미를 제대로 알 수 없는 모호한 말이었다. 돌석의 얼굴에 미심쩍어하는 표정이 그대로 드러났는지, 이함형이 선생의 말을 이어 한마디를 더 보탰다.

"《중용》에 이런 말이 있느니라. '천하 국가는 고르게 할 수 있고, 높은 벼슬도 사양할 수 있고, 서슬 퍼런 칼날도 밟을 수 있다. 그렇더라도 중용은 불가능하다.' 중요한 것은 바로 너의 마음이란 뜻이다. 너의 마음을 제대로 갖추면 선택의 순간이 왔을 때 올바른 선택을 할 수 있다. 수기修己와 치인治人 중 중요한 것은 수기이나 그렇다고 치인을 나 몰라라 해서는 안 된다는 것이지. 수기하면서 치인해야 하는 것이 바로 우리처럼 공부해야 하는 사람이 직면한 어려움이니라."

자신의 흔들리는 마음을 다잡는 일이 나라를 다스리는 일보다 더 어려우니 수기를 근본으로 삼아야 한다는 말이었다. 그러나 그 어려움은 수기뿐만 아니라 치인까지도 이루어야 한다는 점에서 더 가중된다. 공부하는 이로서 세상을 올바로 살아가는 것이 결코 만만치 않음을 느낄 수 있는 부분이었다.

최난희의 또 다른 질문이 이어졌다.

"선생님, 무례한 질문을 하나 드리겠습니다. 지금이 아니면 도저히 여쭤볼 수 없을 것 같아서요. 선생님께서 그토록 자주 출처를 반복하신 이유는 무엇입니까?"

최난희는 선생의 인생에서 사람들의 오해를 사는 유일한 부분에 대해 과감하게 질문을 던졌다. 사람들이 꺼내기를 주저하며 아예 모른 체하는 선생의 약점에 대해서 말이다. 그러고 보니 조금 전 위기지학 이야기를 꺼낸 것도 바로 이 질문을 하기 위해 깔아 놓은 포석이었다.

"수도 없이 욕을 먹은 그 부분을 찌르시는군요. 이렇게 말씀드리겠습니다. 군신 간의 예의는 꼭 지켜야 하는 것이나 학자로서의 소신도 중요하다고요. 그리고…."

선생은 잠시 머뭇거리다 대답을 이었다. 얼굴에는 깊은 회한이 어려 있었다.

"제 나이 서른넷에 과거에 급제했는데, 그때 어머니께서 하신 말씀이 있습니다. '너는 고을 현감으로 만족해야 한다.' 제 능력을 꿰뚫고 계셨던 어머니는 그 이상의 벼슬을 하면 온갖 비방에 시달릴 것을 미리 아셨던 것이지요. 어머니의 그 말씀을 따르지 못한 까닭에 저는 오늘날까지도 사람들의 입방아에 오르내리게 된 것입니다. 그러니 다 제 잘못으로 생긴 허물입니다."

방 안에는 침묵만이 맴돌았다. 그 침묵을 선생이 시를 읊으면서 깼다.

나면서 어리석고 자라서는 병도 많아

중간에 어쩌다가 학문을 즐겼는데

만년에는 어찌하여 벼슬을 받았던고!

학문은 구할수록 더욱 멀어지고

벼슬은 마다해도 더욱더 주어졌네.

나가서는 넘어지고, 물러서서는 곧게 감추니

나라 은혜 부끄럽고 성현 말씀 두렵구나.

산은 높고 또 높으며 물은 깊고 또 깊어라.

관복을 벗어 버려 모든 비방 씻었거니

내 마음을 제 모르니 나의 가짐 뉘 즐길까.

생각건대 옛사람은 내 마음 이미 알겠거늘

뒷날에 오늘 일을 어찌 몰라줄까 보냐.

근심 속에 낙이 있고 낙 속에 근심 있는 법.

천명 따라 삶을 마치니 무엇을 다시 구하겠는가.

  선생의 인생 역정이 모두 담겨 있는 시 앞에서 모두 할 말을 잃었다. 시 속에서 선생은 너무도 담담히 자신의 인생을 바라보고 있었다. 사람들은 출처를 말하지만 선생이 꿈꾸는 삶은 그저 속세에서 물러나 학문을 닦다 생을 마감하는 것이었다.

  돌석은 최난희와 선생을 새삼 다시 보았다. 그녀는 참으로 당찬 처자였다. 사실 많은 이들이 출처를 반복한 선생에 대해 궁금해했고, 제자들도 속 시원히 대답을 듣지 못한 사항이었다. 그런데 두려움 없이 질문을 던져 선생의 진솔한 대답과 함께 회고시까지 끌어낸 것이다.

돌석은 선생의 길지 않은 답변에서 진심을 엿볼 수 있었다. 돌석이 보기에 선생은 천생 스승이었다. 세상에 나가기보다는 물러나 사람들을 가르치는 것이 선생에게는 딱 맞는 일이었다. 물론 돌석이 생각하는 것처럼 그리 명쾌하게 결론이 날 수 없는 일이라는 것도 잘 알고 있었다. 그러나 세상이 뭐라 해도 돌석에게 선생은 그저 스승이었다.

최난희를 위한 선생의 가르침은 몇 가지 문답으로 모두 마무리되었다. 그녀가 공손히 선생에게 절을 하더니 눈물을 글썽거렸다.

"선생님을 언제 다시 뵐 수 있을지⋯."

"언제든 궁금한 것이 있으면 이 늙은이를 찾아주십시오. 그동안에는 사람들의 이목이 두려웠지만 남은 날이 얼마 남지 않았으니 더 이상 그럴 것도 없는 듯합니다."

"정말 그래도 되겠습니까?"

"그럼요. 제자가 스승을 찾아 궁금한 것을 묻는 게 칭찬받아 마땅할 일이지 어찌 욕먹을 일이겠습니까?"

선생의 대답에 그녀는 기어코 눈물을 쏟고 말았다. 가슴 찡한 순간이 아닐 수 없었다. 선생은 대장장이 배순에 이어 처자인 최난희까지 자신의 제자로 받아들었다. 조선 천지의 어떤 스승도 행하기 어려운 일을 지금 선생이 행하고 있는 것이다. 그런 선생을 볼 수 있다는 것만으로도 기쁘고 자랑스러워야 마땅했다. 하지만 그럼에도 돌석의 가슴속에는 육중한 돌멩이가 하나 자리하고 있어 감정을 표현하지 못하도록 만들었다. 돌석은 손가락으로 가슴 언저리를 누르며 그 둔중한 아픔을 혼자 달랬다.

돌석은 오가산당으로 향하는 험한 산길을 걸어오는 내내 최난희와 나누었던 대화를 곱씹었다. 선생은 돌석에게 최난희를 마을 입구까지 데려다주라고 했다. 그녀는 혼자 왔으니 혼자 가겠다고 고집을 부렸지만 선생은 최 의원과의 관계를 생각해서라도 그럴 수는 없다 말하고는 돌석을 함께 가도록 한 것이다.

오가산당을 나와 두 사람만 있게 되자 최난희가 돌석에게 먼저 말을 걸었다. 한나절 함께 있었을 뿐인데 말투가 부쩍 부드러워졌다.

"돌석이 너, 공부를 굉장히 열심히 하는 것 같더라."

"저 같은 것이 무슨⋯."

"아냐, 겸손 떨 것 없어. 네가 선생님께 질문하는 걸 보니 알겠어. 원래 공부를 하면 할수록 궁금한 것이 많아지는 법이 거든."

최난희에게 인정을 받다니, 생각지도 못한 일이었다. 공부를 시작한 이래 요 며칠처럼 사람들에게 인정을 많이 받은 적이 없었다. 돌석은 애써 기쁜 기색을 감추었다.

칭찬을 들으면 들을수록 돌석은 자신의 신분에 자꾸 신경이 쓰였다. 헛된 욕심이 스멀스멀 고개를 내밀었다. 그 느낌이 싫었다. 선생 말대로 공부를 해서 스스로 즐거우면 그것으로 족했다. 다른 사람보다 낫다고 생각하며 우쭐대고 싶은 생각은 털끝만큼도 없었다. 돌석은 가슴속 돌멩이로 헛된 욕심을 납작하게 눌러 버렸다.

"돌석아, 내 말 잘 들어 봐."

"뭔데요?"

"선생님한테 면천시켜 달라고 부탁을 드려 봐."

"네?"

돌석은 걸음을 멈추고 최난희를 돌아보았다. 그녀의 진지한 얼굴로 보아 농담 삼아 내뱉은 말이 아님을 알 수 있었다. 돌석의 주먹이 파르르 떨렸다.

"며느리도 개가시킨 분이 바로 선생님이야. 그런 분께서 널 면천시키는 일을 마다하실 리가 있겠어? 선생님 곁에 있으면서 시중이나 들기에는 네가 너무 아까워서 하는 말이야."

그 말을 들은 돌석이 버럭 화를 냈다.

"시중이나 들다니요? 그런 말 마세요. 선생님을 곁에서 모실 수 있는 것만으로도 저는 매우 만족스럽습니다. 먹여 주시고, 재워 주시고, 일을 주시고, 거기에 공부 방법까지 일러 주시니 선생님은 제게 부모보다 더 소중한 분이십니다. 그런데 그런 분을 배반하라고요? 그렇게는 못 합니다. 금수면 몰라도 차마 사람이 할 짓이 못 됩니다."

돌석의 격렬한 반응에 최난희의 얼굴이 일그러졌다. 그녀도 지지 않고 목소리를 높였다.

"한심한 녀석, 그럼 선생님께서 돌아가시면 어떻게 할 건데? 선생님 묘소 옆에서 삼년상이라도 치르겠다는 거니? 인물 났네, 인물 났어. 그 자리에 열녀비가 아니라 열노비가 세워지겠구나. 너는 선생님 춘추는 생각도 안 하는 거니?"

"…."

"선생님께서 돌아가시면 너는 끝이야. 종놈이 책 들고 돌아다니는 꼴을 보고 싶어 하는 양반네가 선생님 말고 또 있을 것 같니? 선생님께서 이 세상에서 사라지시는 순간 네 공부는 그걸로 끝이라고!"

제 할 말을 다 내뱉은 최난희는 성큼성큼 걸어 돌석 앞을 지나갔다. 모처럼 온기가 감돌았던 둘 사이는 얼음처럼 냉랭해졌다. 강물 건너로 마을이 보이자 최난희는 뒤도 돌아보지 않고 가 버렸다.

더 이상 최난희가 보이지 않자 돌석은 그 자리에 주저앉고 말았다. 모든 것이 너무도 혼란스러웠다. 멀쩡하던 하늘과 땅이 흔들리더니 완전히 사라져 버렸다. 천지 사방에 남은 것은 오직 돌석뿐이었다. 사람도 금수도 초목도 돌석 곁에 없었다. 갑자기 외롭고 쓸쓸해졌다. 돌석은 스스로에게 되물었다.

'너는 지금처럼 사는 게 만족스러우냐?'

그녀가 있었을 때와는 달리 이번에는 그렇다는 말이 쉽게 나오지 않았다. 다른 사람이 아닌 선생 같은 분의 시중을 들수 있다는 것은 영광스러운 일이다. 그러나 그것만으로는 무엇인가 부족한 것도 사실이었다. 선생에게 배운 것을 인용해 표현하자면 돌석 스스로를 위한 삶이 아니라 남을 위한 삶을 사는 셈이었다. 선생의 수발을 드는 게 돌석 인생의 궁극적인 목적이 될 수는 없었다. 선생이 세상을 떠나면 어떻게 할 거냐는 그녀의 마지막 말도 좀처럼 머릿속에서 떠나지 않았다. 그렇게 되면 정말 공부고 뭐고 다 끝장이 나고 마는 걸까.

청량산에 오기 전에는 그런 일이 실제로 일어날 수 있다는 사실 자체를 생각해 본 적이 없었다. 그러나 요 며칠 부쩍 피로감을 호소하는 선생의 모습을 접하고 보니 선생의 죽음은 먼 미래의 일이 아니라 조만간에 현실로 닥칠 사건이 분명했다. 그렇다면 어떻게 할 것인가.

돌석은 길가에 떨어져 있던 나뭇가지를 들어 땅바닥을 톡톡 치며 생각에 몰두했다. 그러나 종놈이 곰곰 생각한다고 스스로 해결할 수 있는 문제가 아니었다. 선생의 허락이 떨어져야 결론이 날 수 있는 사안이라는 사실이 돌석의 마음을 더욱 아프게 했다.

돌석이 부탁하면 선생이 단번에 거절하지 못하리라는 것은 여태껏 보아 온 선생의 태도로 보아 자명했다. 그러나 그래서는 안 되었다. 가뜩이나 몸도 불편하신데 자신 때문에 더 많은 고민을 하게 만든다면 그것은 불선不善 중의 으뜸가는 불선일 것이다. 그렇다면 답은 하나밖에 없었다. 미욱하다는 소리를 들어도 좋다. 끝까지 선생 곁에 머무르리라.

결론을 내린 돌석은 자리에서 일어나 바지에 묻은 흙을 털었다. 돌석은 최난희의 말은 아예 못 들은 것으로 여기기로 단단히 마음먹었다. 그러고도 마음이 놓이지 않았는지 주먹으로 머리를 톡톡 치며 나지막한 소리로 중얼거리기까지 했다.

"돌석아, 은혜도 모르는 개, 돼지가 되고 싶으냐? 정신 차려라, 정신 차려!"

오가산당에 들어선 돌석은 선생의 방으로 가 절을 하고는 잘 다녀왔음을 고했다. 선생은 별다른 일은 없었는지를 묻더니 이함형을 불러 함께 들어오라고 했다. 두 사람이 선생 앞에 나란히 무릎 꿇고 앉자, 선생은 이함형을 한동안 처다본 후 나직한 목소리로 이야기를 시작했다.

"이 군, 오늘 자네의 모습은 평소와 무척 다르더군. 내가 잘못 본 것은 아니겠지?"

"죄송합니다."

"하나 물어보고 싶은 게 있네. 무엇이 자네 마음을 그토록 심하게 흔들어 놓았는가?"

다른 때 같으면 이함형은 당장 고개를 숙여 선생에게 사죄부터 했을 것이다. 그러나 오늘의 그는 많이 달랐다. 잠시 고개를 숙이고 있던 그는 다시 고개를 들더니 차분하게 반론을 제기했다.

"최 의원 댁 따님에 대한 제 처신이 올바르지 못했다는 것은 알고 있습니다. 그 점에 대해서는 정말 죄송스럽게 생각합니다. 하지만 선생님께 드릴 말씀이 있습니다. 어제 대장장이 배순을 제자로 삼으셨을 때만 해도 그럴 수 있다고 생각했습니다. 그러나 오늘의 경우는 다릅니다. 과년한 처자를 제자로 받아들이시다니, 저로서는 도무지 납득할 수가 없습니다. 술자리에 기생이 동석하는 것도 꺼리셔서 자리를 박차고 나오셨던 선생님이 아니십니까? 그런데 어떻게 저희 사문에 처자를 들이실 수가 있는 겁니까?"

"일찍이 농암 선생께서 안동 부사로 계실 때 안동 부내의 여든 살 이상 되신 노인들을 초청해 잔치를 연 적이 있네. 화산양로연이라 불렀는데 내가 여태껏 그 잔치를 잊지 못하고 기억하는 것은 오직 한 가지 이유 때문이네. 그것이 무엇인 줄 자네는 아는가?"

"모르겠습니다."

"선생은 여자는 물론 천출까지 모두 초청하셨다네. 사람을 대접함에 빈부귀천을 가리지 않으셨던 게지."

"그것과 오늘의 일은 같다고 할 수 없습니다. 환과고독鰥寡孤獨을 돌보는 일은 다스리는 사람으로서 능히 그러해야만 하는 것이나 사문에 들이는 일은 그와 격이 다릅니다."

이함형이 좀처럼 수긍하지 않자 선생은 서안에 놓여 있던 《논어》를 펼친 뒤 돌석에게 건넸다. 돌석은 더듬거리며 선생이 가리킨 구절을 읽어 나갔다.

"호향은 함께 말하기조차 어려운 마을이었다. 호향 출신의 어린아이가 선생을 뵙고자 하니 모두 당황하였다. 선생이 말씀하셨다. 나아가려는 자와는 함께하고, 뒷걸음질 치는 자와는 함께하지 않으면 되는 것을."

돌석이 읽기를 마치자 선생이 방금 읽은 구절을 이함형에게 설명하기 시작했다. 이함형이라면 《논어》 구절의 의미쯤이야 충분히 알고 있을 텐데도 선생은 마치 《논어》를 처음 접한 초학자를 대하듯 상세한 해설을 덧붙였다.

"호향이 무엇인가 하면 천민들이 사는 마을이니라. 사람 취급도 받지 못하던 마을이라 이 말이지. 그런 호향 출신의 사람, 그것도 어린아이가 다가오니 제자들이 모두 말렸다는 것이지. 지금의 자네처럼 말일세. 그러나 공자께서는 어떻게 말씀하셨는가. 나아가려는 자와는 함께하고, 뒷걸음질 치는 자와는 함께하지 않으면 되는 것, 공부하려는 마음을 가진 자는 신분과 나이가 어찌되었건 결코 멀리하지 않으신다는 말씀이신 게야. 이것도 모자라 공자께서는 여기에 한 구절을 더 붙이셨지. 이 군, 이 구절 뒤에는 어떤 구절이 이어지는가?"

잔뜩 얼굴이 굳은 이함형이 다음 구절을 외웠다.

"인仁이 먼 데 있더냐? 내가 인을 하고자 하면 거기에 인이 깃드는 것이다."

"그렇지. 그렇게 말씀하시고는 어린아이를 불러들이셨지. 성현의 말씀에 더 보탤 것도 없지만 돌석이도 함께 있으니 조금 더 설명을 덧붙이도록 하겠네. 인은 멀리 있는 것도, 정해져 있는 규칙도 아닐세. 내 마음에 비춰 인이라 생각되면 행하면 되는 것이라네. 결국 공자께서는 호통만 치지 않으셨다 뿐이지 제자들더러 너희는 입으로만 인을 말하는구나, 하고 혼쭐을 내신 것이라네. 이 군, 잘 생각해 보게. 공부에 목말라하는 자가 있는데 자격이 안 된다는 이유로 모른 체 넘어가는 게 과연 인을 하는 이의 도리겠는가?"

이함형은 아무런 답도 하지 못했다. 그를 바라보던 선생이 그의 잘못을 꼬집어 지적했다.

"자네의 심기가 불편한 것 같으니 이참에 사람이 화를 내는 이유도 한번 살펴보기로 하세. 내 생각에 그 이유는 오직 한 가지뿐이라네. 사람은 오직 배우지 않았기에 스스로 부족한 것을 알지 못하고, 스스로 부족한 것을 알지 못하기 때문에 잘못을 지적받으면 화를 내는 것이라네. 알겠는가?"

선생의 말은 시종 나직했지만 그 안에 담긴 뜻은 그렇지 않았다. 선생은 지금 자신이 가장 아끼는 제자인 이함형에게 공부가 부족한 사람이 화를 내는 것이라며 준열한 비판을 가하고 있는 것이다. 돌석은 아까부터 발이 저려 왔지만 발가락도 제대로 움직거리지 못했다. 선생과 이함형은 지금 말로써 전쟁을 벌이고 있으니 잘못 나섰다가는 화살에 맞고 칼에 베일 판이었다. 선생의 말이 이어졌다.

"아침저녁으로 책 읽기에 몰두하고, 경전을 제대로 해석해 낸다 해서 과연 공부를 잘한다고 할 수 있겠는가? 나는 그렇지 않다고 생각하네. 공부를 하고도 사람을 사랑할 줄 모른다면 그건 공부를 제대로 한 것이 아니네. 자기가 서고 싶으면 남도 세워 주고, 자기가 알고 싶으면 남도 깨우쳐 주는 것, 그것이 바로 인의 마음, 사랑의 마음, 공부한 자의 마음일세. 그인이 어디 멀리 있던가? 주변에서 능숙히 비유를 취할 수 있다면 인의 길에 접어든 것이지. 이 군, 자네는 지금 인의 마음을 가지고 있는가? 자네 주변에서 능히 취할 수 있는가? 정말 그렇다고 자신 있게 말할 수 있는가?"

이함형은 입술만 감쳐물고 있을 뿐 여전히 아무런 대꾸도 하지 않았다. 그쯤 했어도 이함형은 충분히 자신의 잘못을 깨달았을 터였으나 선생은 거기서 멈추지 않았다. 아예 그를 벼랑 끝까지 밀어붙일 심산인 듯했다.

"배운다는 것이 무엇인가? 지혜로운 이를 지혜롭게 여기고, 부모를 섬김에는 온 힘을 다하며, 임금을 섬김에는 온몸을 바치고, 벗을 사귐에는 말에 미쁨이 있다면 비록 배우지 못했더라도 난 반드시 그를 배운 사람이라 이르리라. 공자께서 하신 말씀이지. 이 군, 이제 이 말씀과 더불어 자신의 잘못을 깨닫겠는가?"

"알겠습니다."

"좀 더 열심히 공부하도록 하게. 내가 보기에 자네는 부족한 게 너무 많아. 정암 조광조가 왜 실패했는가. 타고난 바탕은 뛰어났지만 학문의 힘이 가득 차지 못하고, 하는 바가 지나쳤기 때문에 일을 그르친 것이라네. 그렇게 서두를 것이 아니라 공부에 더 매진하고, 그 마음에 덕을 충분히 쌓은 후에 세상에 나갔더라면 참혹한 실패를 맛보는 비극은 겪지 않아도 되었을 것이라네. 사람들은 흔히 중종 임금만을 탓하지만 따지고 보면 그 원인은 정암 스스로 제공한 것이야. 자네는 정암의 일을 반면교사로 삼고 죽을 때까지 그 교훈을 잊어서는 안 되네."

선생이 어찌나 이함형을 거세게 몰아붙이는지 함께 있는 돌석이 다 무안할 지경이었다. 최난희에 대한 그의 처신이 잘못된 것은 사실이지만 이렇게까지 심하게 할 필요가 있을까 싶었다.

이함형이 누구던가. 장래가 보장된 관료의 길을 마다하고 선생을 찾은 젊은 수재 아니던가. 모르긴 몰라도 일찍이 선생을 찾아온 사람 중에 율곡 이이 말고는 이함형이 가장 뛰어난 능력을 지닌 사람일 터였다.

한바탕 거센 회오리바람이 불어왔다 사라지자 방 안에는 침묵만이 가득했다. 선생이 어제와 마찬가지로 편지를 꺼내 읽기 시작했다. 무슨 편지이기에 저토록 열심히 읽는지 궁금했지만 그렇다고 물어볼 수는 없었다. 이함형과 돌석은 선생에게 절을 한 뒤 자리에서 일어났다. 밖으로 나가려는데 선생은 그래도 할 말이 남았는지 이함형에게 마지막 당부를 했다.

"이 군, 평범한 부부의 앎이라도 지극한 데 이르면 성인보다 나을 수 있다는 것을 명심하게나."

"선생님, 그것은…."

"오늘은 그만하도록 하세. 알아들었으면 나가 보게."

긴 하루 /

선생이 최난희에게 가르친 내용을 모두 정리해 기록한 뒤
에야 돌석은 비로소 허리를 폈다. 두 손을 뻗어 기지개를 켜
려다 문득 이함형의 존재를 깨닫고는 동작을 멈추었다. 아무
래도 그의 태도가 심상치 않았다. 선생의 방에서 나온 후 그
는 여태껏 말 한 마디 없이 침묵만을 지키고 있었다. 책을 펼
쳐 놓기는 했지만 읽지는 않은 채 계속 허공을 쳐다보고 있을
뿐이었다. 평소 같으면 '집 나간 마음을 찾아오세요, 진사님.'
하며 농담이라도 던질 테지만 지금의 이함형에게는 그러지
않는 편이 좋을 듯했다. 돌석은 살짝 몸을 돌리고는 자신이
정리한 기록을 읽어 보았다.

공부하다 벽에 부딪힌 이들을 위한 지침

닭이 알을 품는 것을 기억하라_ 공부는 닭이 알을 품고 있는 것과 같다. 힘들다고 잠시라도 쉬거나 서두른답시고 뜨거운 물에 담가 버리면 알은 부화하지 않는다. 결국 공부하다 닥친 위기를 극복하기 위해서는 쉬지 않고 꾸준히 계속하는 방법밖에는 없다.

거울은 닦을수록 깨끗해진다_ 거울은 처음 닦을 때가 가장 힘든 법이다. 두 번째, 세 번째 닦을 때에는 처음보다 덜 힘들 뿐만 아니라 조금의 노력으로도 거울을 더 밝게 만들 수 있다. 공부도 마찬가지다. 낑낑거리며 한계를 넘고 나면 그 뒤로는 훨씬 쉬워진다.

공부의 단계를 알라_ 아는 것은 좋아하는 것만 못하고, 좋아하는 것은 즐거워하는 것만 못하다. 공부에는 아는 단계와 좋아하는 단계와 즐거워하는 단계가 있다는 것이다. 자신의 현재 단계뿐만 아니라 앞으로 갈 길이 어디인지를 분명히 이해하고 있어야 한다.

자신을 위한 공부를 하라_ 공부에는 두 가지가 있으니, 위기지학爲己之學과 위인지학爲人之學이 그것이다. 전자는 자신을 위한 공부이며, 후자는 세상에서 활용하기 위한 공부다. 위기지학을 해야 한다는 것은 공부해서 무엇이 되어야겠다, 하고 고민하는 게 아니라 자기 자신의 내면과 성장을 위해 공부를 해야 한다는 의미다. 위기지학이 되어야 세상에 나가도 중심을 잃거나 이리저리 휘둘리지 않는다.

 어제와 마찬가지였다. 돌석은 자신이 정리한 기록이 썩 마음에 들지는 않았지만 자기 능력으로는 더 이상 끙끙거려도 나아질 것 같지 않았다. 혹시라도 잘못 정리한 것이 있을까 싶어 한 번 더 꼼꼼하게 읽어 보았다. 여전히 무엇인가 부족했다. 큰 덩어리를 통째로 빼먹은 기분마저 들었다.

 선생이 최난희에게 일러 준 공부 지침은 거칠기는 해도 돌석이 정리한 기록에 대부분 포함되어 있었다. 그런데 이함형에게 한 말씀은 어떻게 한다? 그에게 한 말씀도 가르침으로 간주해서 꼼꼼하게 정리해 넣어야 하는 것은 아닐까. 이함형으로서는 거북하겠지만 돌석은 선생과 그 사이에 오간 말을 들으며 큰 깨달음을 얻었다. 잠시 고민하던 돌석은 그것들 또한 함께 기록으로 남긴 뒤 가져가기로 결정했다. 넣고 빼는 것은 선생이 판단할 것이다. 돌석은 다만 선생이 명령한 대로 꼼꼼하게 정리하면 그것으로 충분하리라.

공부한 사람의 마음가짐은 어떠해야 하는가

공부를 제대로 한 사람은 잘못을 지적받아도 화를 내지 않는다_ 사람은 오직 배우지 않았기에 스스로 부족한 것을 알지 못하고, 스스로 부족한 것을 알지 못하기 때문에 잘못을 지적받으면 화를 내는 것이다. 공부한 사람은 스스로 부족한 것을 금방 깨우치므로 잘못을 지적받아도 화를 내지 않는다. 오히려 다른 사람의 지적을 들으면 그 말을 마음에 새기고 자신을 바로잡는 거울로 삼는다.

공부를 한 사람은 남을 배려한다_ 자기가 서고 싶으면 남도 세워 주고, 자기가 알고 싶으면 남도 깨우쳐 주는 것, 그것이 바로 인의 마음이다. 공부를 한 사람은 바로 그 인의 마음을 갖추게 된다. 공부한 사람이 세상에 필요한 이유다.

정식으로 배우지 못했어도 잘 배운 사람이 될 수 있다_ 지혜로운 이를 지혜롭게 여기고, 부모를 섬김에는 온 힘을 다하며, 임금을 섬김에는 온몸을 바치고, 벗을 사귐에는 말에 미쁨이 있다면 그 사람은 비록 배우지 못했더라도 실제로는 잘 배운 사람이다. 결국 공부가 일상생활에 영향을 미치지 못하면 그 공부는 말짱 헛것이라는 뜻이다.

정리를 마친 돌석은 선생의 방으로 가려고 일어났다. 그때 이함형이 돌석을 불렀다.

"돌석아, 네가 정리한 기록을 좀 보자꾸나."

돌석은 아차 싶었다. 선생이 이함형을 책망한 내용까지 빠짐없이 정리해 넣었으니 그가 기분 상할 것은 불문가지였다. 그렇다고 이제 와서 고칠 수도 없는 일. 돌석은 머뭇거리다가 결국 정리한 기록을 그대로 이함형에게 내밀었다.

그는 읽는 내내 고개를 끄덕였다. 그 고갯짓에 담긴 의미는 무엇일까. 긍정일까, 아니면 습관적 동작에 지나지 않는 것일까. 돌석의 기록을 다 읽은 그의 얼굴에는 살짝 웃음이 감돌았다. 그 작지만 환한 웃음으로 돌석의 가슴에 자리 잡고 있던 무거운 돌멩이가 비로소 사라졌다.

"내 불민함으로 정리할 내용만 늘어났구나. 미안하게 됐다."

"그런 말씀 마십시오."

"오늘 하루 내가 참으로 이상했지?"

돌석은 잠시 생각하다 이번에는 솔직하게 답하기로 했다.

"네, 조금은요."

"선생님께 어서 다녀오너라. 그러고 나서 오늘 있었던 일에 대해 함께 이야기를 나누도록 하자."

"알겠습니다."

돌석은 어제처럼 자신이 쓴 기록과 꿀물을 들고 선생의 방으로 갔다. 편지에 몰두하고 있던 선생은 천천히 꿀물을 마신 뒤 돌석이 정리한 기록을 꼼꼼히 읽어 보았다. 선생은 말없이 고개를 끄덕이고는 돌석에게 다시 기록을 건넸다. 선생의 작은 행동 하나도 놓치지 않고 세심히 살펴보던 돌석이 조심스럽게 물었다.

"선생님, 몸은 좀 어떠신지요?"

"늙은이 몸이 온전할 리는 없겠지. 70년 세월을 귀한 줄 모르고 험하게 써 댔으니 몸도 이제 고통을 호소하는 것일 테고. 그러나 염려하지는 말아라. 내 몸을 언제까지 써야 할지는 나 스스로 잘 알고 있으니까. 녀석들이 아직은 괜찮다고 속삭여 대는 소리가 내 귀에 똑똑히 들려오는구나."

어쩌면 선생은 자신의 말대로 이 세상을 떠날 날을 분명히 알고 있을 수도 있었다. 아직은 괜찮다고 하니 그것만으로도 일단은 안심이 되었다. 돌석은 속으로 중얼거렸다.

'선생님, 부디 오래오래 건강하십시오.'

절을 한 뒤 문밖으로 나오려는데 선생이 다시 그를 불렀다.

"돌석아, 최 의원의 따님은 잘 가셨느냐?"

"네."

"둘이서 무슨 이야기를 주고받지는 않았느냐?"

"네? 그건…, 특별한 이야기를 나눈 것은 없습니다. 그저 댁까지 잘 모셔다드렸을 뿐입니다."

"젊은 남녀 둘이 그리 할 이야기가 없더냐?"

"선생님, 최 의원 댁 따님과 저는 엄연히 신분이 다릅니다."

"돌석아, 너답지 않게 과민한 반응을 보이는구나."

"그게 아니라…."

"알겠다. 그나저나 오늘 참으로 수고가 많았다. 네가 없으면 내가 어떻게 살아갈지 요즈음 같아서는 도무지 상상이 안되는구나."

"그런 염려는 마십시오. 언제까지나 선생님 곁을 떠나지 않을 요량이니까요."

"빈말이라도 고맙구나. 그만 나가 보아라."

"선생님도 편히 쉬십시오."

밖으로 나온 뒤 돌석은 한동안 제 방에 들어가지 않고 마루에서 서성거렸다. 선생은 왜 돌석에게 최난희가 무슨 이야기를 하지 않았느냐고 물은 것일까. 별다른 이야기를 나누지 않았다고 얼버무리기는 했지만 거짓말하고 있는 것은 분명한 터라 속이 뜨끔했다. 그녀를 집까지 데려다주었다고 한 것 또한 거짓말이었다. 선생에게 대놓고 거짓말을 하기는 이번이 처음이었다.

갑자기 엉뚱한 추측 하나가 돌연 떠올라 돌석의 마음을 사로잡았다. 혹시 선생과 최 의원이 사전에 돌석의 앞날에 대한 이야기를 나눈 것은 아닐까 하는.

'선생님한테 면천시켜 달라고 부탁드려 봐.'

최난희의 말은 얼마 전 들은 최 의원의 말을 떠올리게 만들었다.

'자네, 내 밑에서 의술을 익혀 보면 어떻겠는가?'

선생은 돌석의 부모가 두창에 걸려 죽었다고 했다. 두창은 무서운 전염병이다. 병에 걸리면 며칠도 못 되어 목숨을 잃게 된다. 최고로 용하다는 의원도 두창은 두창 신의 재앙으로 생긴 것이니 함부로 손을 댔다간 두창 신의 화만 돋을 뿐이라고 말하며 고개를 절레절레 흔들어 댔다.

두창은 과연 고칠 수 없는 병일까. 설령 그렇다 하더라도 의원이라는 자가 그래서는 안 되었다. 사람이 죽기 전까지는 절대로 포기하지 말아야 하는 것이 의원의 본분 아니던가. 한 줄기 희망만 있어도 그 줄을 놓아서는 안 되는 것이다. 최 의원은 두창도 병증을 정확히 확인하고 그에 맞는 약을 제때 쓰기만 하면 분명 고칠 수 있다 했다. 두창이 불치의 병이 아니라 사람들에게 만연해 있는 두려움이 오히려 병 고치는 걸 막는다고도 했다.

최 의원과 함께라면 돌석도 두창을 치료할 수 있는 의술을 익힐 수 있을 것 같았다. 두창으로 사람이 죽어 나가는 걸 막는 것은 돌석의 오랜 소원 중 하나이므로. 돌석의 마음을 누구보다 잘 아는 선생이니 의원이 되고 싶어 하는 꿈을 은밀히 품고 있다는 것도 모르지는 않으리라. 그러므로 선생이 최 의원과 그 부분에 대해 입을 맞추었을 가능성도 아주 없다고 볼 수는 없었다. 그러나 조금 전 선생이 뭐라고 했던가. 돌석이 없으면 어떻게 살아갈지 도무지 상상이 되지 않는다고 말하지 않았던가.

돌석은 주먹으로 머리를 톡톡 쳤다. 생각해 보면 조금 전 선생의 말은 무척이나 고마운 말이기도 했다. 그 누구보다 돌석을 믿고 의지한다는 뜻을 직접 밝힌 것은 처음이었다. 돌석은 선생의 방을 향해 고개를 숙였다. 지금의 돌석으로서는 선생의 분에 넘치는 대우가 그저 고마울 뿐이었다.

'천출로 사는 게 나의 숙명인 게지.'

돌석은 고개를 젓고는 자기 방으로 들어갔다. 이함형이 반갑게 맞이하고 나섰다. 돌석은 그가 말꼬를 트기를 기다렸다. 하지만 이함형은 반가움을 표했던 것과는 달리 그 후로는 무슨 말을 해야 할지 모르는 사람처럼 계속 낮은 한숨만 내쉴 뿐이었다. 그가 속내를 드러내기까지는 시간이 조금 더 필요한 것 같았다.

"드릴 말씀이 있는데 제가 먼저 해도 괜찮을까요?"

"그래, 먼저 해 보거라."

이함형은 자신의 이야기가 미뤄져 오히려 다행이라는 듯

고개를 끄덕이며 말했다. 돌석은 그에게 아침나절에 겪은 이상한 일, 즉 최준이 산중에서 선생을 보고도 그냥 지나친 사건을 털어놓았다. 하지만 꺼내 놓으면서도 내심 불안했다. 워낙 믿기 어려운 일이라 자신의 입으로 말하고 나니 그 일이 과연 실제로 일어났는지 자신조차 의심이 들었다.

그런데 이함형의 반응이 돌석을 더 놀라게 만들었다. 큰 충격을 받은 사람처럼 그의 얼굴이 잔뜩 굳어 버린 것이다. 잠시 후 그에게서 나온 말은 돌석으로서는 전혀 예상하지 못한 것이었다.

"최준이라, 그분이라면 그렇게 예의에 어긋나는 행동을 하실 리가 없지."

"그렇지요?"

"그렇다면… 돌석아, 사실은 어제 나도 똑같은 경험을 했단다."

"네?"

"어제 네가 선생님을 업고 오르막길을 올랐을 때 말이다. 뒤따라가던 나는 순간적으로 깜짝 놀랐다. 네 등에 업혀 계셔야 할 선생님이 내 눈에서 사라졌기 때문이다."

"정말인가요?"

"정말이고말고. 잘못 보았나 싶어 눈을 감았다 뜬 후에야 선생님의 모습이 다시 보이더구나. 어제는 그냥 내 마음이 심란해서 그런 것으로만 여겼는데 네 말을 들어 보니 그런 게 아니로구나. 도대체 어떻게 된 일인지…."

방 안은 완벽한 침묵에 빠져들었다. 돌석이 두 눈으로 똑똑히 목격한 일에 이함형이 겪은 일까지 종합해 보면 선생은 하루도 안 되는 시간에 두 차례나 잠시 동안 사람들의 눈에서 사라졌다는 결론에 이른다. 이는 도대체 무슨 의미일까. 머리를 맞대 보았지만 듣도 보도 못한 불가해한 사건 앞에서 두 사람이 내릴 수 있는 해답은 아무것도 없었다. 결국 이함형은 두 손을 들고 말았다.

"나중에 선생님께 이 일에 대해 여쭤볼 기회가 있을 것 같구나."

"알겠습니다."

"그건 그렇고 내 너에게 할 말이 있다 했지? 그것이 뭐냐면…. 이런 말을 해서 정말 미안하다만, 내가 없더라도 선생님을 잘 모시기 바란다."

"아니 갑자기 그건 또 무슨 말씀이십니까?"

"선생님께서 오늘 내게 하신 마지막 말씀을 기억하느냐?"

"평범한 부부의 앎이라도 지극한 데 이르면 성인보다 나을 수 있다는 것을 명심하거나, 이것 말입니까?"

"그래, 잘 기억하고 있구나. 선생님께서 그 말씀을 하신 이유는 지금 내가 아내와 불화를 겪고 있기 때문이지."

그렇다면 서당에 떠도는 소문이 사실이라는 말인가. 돌석은 그의 고백을 듣고서도 좀처럼 사실로 받아들이기가 어려웠다. 다른 이도 아닌 이함형이 가정에 그런 문제를 지니고 있다는 것은 너무도 뜻밖의 일이었다.

"그 일 때문에 선생님 곁을 떠나신다는 겁니까?"

"나의 그런 상황 때문에 선생님께서 이번 청량산행에 나 하나만을 데리고 오신 것이야. 준엄한 가르침을 주신 뒤 떠나보내시려고. 내가 잘났거나 내 공부를 위해서 나를 데리고 오신 게 아니란 이야기지. 그것도 모르고 나는…."

"그런 작은 일로 그러시기야 하시겠습니까?"

"작은 일이라고 말할 수 없지. 평범한 부부의 앎이라도 지극한 데 이르면 성인보다 나을 수 있다. 이 말을 뒤집어 생각해 보면 평범한 부부의 삶을 제대로 꾸리지 못한 자는 결코 성인이 될 수 없다는 뜻도 된단다. 군자는 한 끼니를 마칠 시간 동안에도 인을 어기는 법이 없어야 한다고도 했다. 그런 의미에서 나는 덜되어도 한참은 덜된 것이겠지. 결국 선생님께서는 가정부터 온전하게 추스른 뒤에야 비로소 공부를 제대로 할 수 있다는 뼈아픈 가르침을 내게 주신 게야."

돌석은 묵묵히 이함형의 말을 듣고만 있었다. 비로소 오늘따라 선생이 왜 그토록 그를 거세게 몰아붙였는지 이해할 수 있었다. 하지만 그렇다 하더라도 무엇인가 석연치 않았다. 돌석이 알기로 선생은 사람을 쉽게 버리는 분이 아니었다. 설사 이함형의 가정에 문제가 있더라도 차분히 그를 가르치고 설득하는 방법을 취했을 터였다. 그러니 그를 내치는 문제에서 돌석은 결코 그의 결론에 동의할 수 없었다.

"아마도 내일쯤은 말씀을 하시지 않을까 싶다."

"그런다고 순순히 내려가시려고요? 지난 2년간의 공부를 뒤로하고요?"

"그래야 하지 않겠니? 제자 된 자로서 선생님께서 여태껏 쌓아 온 명예에 먹칠을 하고 싶지는 않구나."

이함형은 모든 고민을 끝마친 듯 담담한 목소리로 대답했다. 당사자가 그렇게 나오니 돌석으로서도 뭐라 더 말하기가 어려웠다. 돌석과 이함형은 나란히 자리에 누웠다. 몸은 피곤했지만 쉽사리 잠을 이룰 수 없었다. 선생이 당장 세상을 떠날 리는 없겠지만, 혹시라도 그런 궂은 일이 생긴다면 그때는 서당에 의지할 사람이라고는 이함형밖에 없다. 그런데 그마저 떠난다면 돌석이 서당에 계속 머무를 이유도 함께 없어지는 것이다. 최난희의 말, 선생의 말, 이함형의 말들이 돌석의 머릿속에서 마구 섞여 빙빙 돌았다.

"돌석아, 자느냐?"

"아닙니다."

"돌석아, 내가 선생님 문하에 든 후 가장 어려웠던 게 무엇인지 아느냐?"

"글쎄요."

"그건 바로 추반을 먹는 것이었느니라. 부족함을 모르고 자
란 나에게 돌처럼 빡빡한 추반은 아무리 애를 써도 먹기 힘든
음식이었지. 선비가 도에 뜻을 두고서 나쁜 옷과 나쁜 음식을
부끄럽게 여긴다면 그와 더불어 말할 거리가 없다고 했으니,
그것은 바로 나 같은 이를 두고 한 말이다. 아내와의 불화 말
고도 나는 여러모로 제자 될 자격이 없는 셈이지."

이함형의 한숨이 방 안을 가득 채웠다. 돌석은 눈을 뜨고
천장을 바라보았다. 돌석은 그렇지 않다고 말하고 싶었다. 처
음에는 그랬을지 몰라도 지금은 그 거친 추반을 누구보다도
달게 먹는 그였다. 돌석은 노골적으로 얼굴을 찡그리며 수저
를 놓는 이도 많이 보았다. 그중에는 내로라하는 고위직을 지
낸 이들도 있었다. 하지만 이함형은 꾹 참고 견뎌 내 즐길 경
지에 이르렀으니 그것으로 된 것 아닌가. 돌석은 그 말은 하
지 않기로 했다. 지금은 그 어떤 말도 그의 쓰라린 마음에는
위로가 되지 않을 테니까. 소원이 하나 더 늘었다. 돌석은 선
생이 이함형을 내치지 않기만을 간절히 바라고 또 바랄 뿐이
었다.

세
번
째
편
지

선생은 어제처럼 오가산당 주위를 걸었다. 이번에는 입석 방향보다 길이 조금 더 넓고 평탄한 작은 암자 쪽으로 방향을 잡았다. 돌석은 어제와 같은 일이 또 생길까 싶어 정신을 바짝 차리고 선생 뒤를 쫓았다. 다행히 선생이 중도에 사라지는 일도, 마주친 이가 선생을 몰라보는 일도 생기지 않았다. 약초 캐러 산에 오른 촌로들은 허리를 굽혀 가며 선생에게 인사를 했고 선생 또한 정중하게 그들에게 인사를 건네고 한담을 나누었다.

선생이 오가산당으로 돌아와 방으로 들어간 뒤 돌석은 툇마루에 몸을 기대고 앉았다. 머리가 어질어질했다. 요 며칠처럼 피곤한 적은 없었다. 여태껏 살면서 처음 겪는 극심한 피로였다. 서당과 선생 댁을 오가며 오만 가지 잡일을 해야 했던 것과 비교하면 분명 몸은 편했다. 그러나 계속되는 선생의 가르침에 온 정신을 집중하고, 거기에 더해 최난희와 이함형의 일까지 신경 쓰느라 돌석의 머릿속은 도무지 쉴 새가 없었다.

돌석은 늘어지게 하품을 하고는 지난 이틀과 마찬가지로 사립문을 지켜보았다. 오늘은 과연 누가 찾아올 것인가. 첫날은 대장장이 배순, 둘째 날은 최 의원 댁 무남독녀 최난희였으니, 오늘 방문할 사람도 그에 못지않은 독특한 사연과 배경을 지닌 인물일 것은 분명했다. 양민과 처자, 그 두 사람보다 더 남의 이목을 사로잡을 조건을 갖춘 까닭에 서당이 아닌 오가산당에서 만나야만 할 사연과 배경을 지닌 이는 과연 누구일까. 돌석은 혼자서 머리를 갸웃거려 보았지만 지난 이틀이 그랬듯 마땅한 답은 떠오르지 않았다.

이함형이 방문을 열고 나와 돌석 옆에 앉았다. 얼굴이 돌가루처럼 푸석해져 있었다. 제대로 잠을 이루지 못한 탓이다. 그럴 만도 했다. 담담하게 받아들일 준비가 되어 있다고 말은 했지만 선생에게서 내침을 당하는 일이 실제로 일어난다면 그에게는 상당한 충격일 터였다. 돌석이 이때다 싶어 슬쩍 위로의 말을 던졌다.

"너무 염려 마세요. 저는 왠지 선생님께서 진사님을 내치지는 않을 것 같다는 생각이 듭니다."

이함형이 웃음을 머금더니 이내 낮은 한숨을 토해 냈다.

"그렇게 이야기해 주니 고맙기는 하다만…."

"아이참, 진사님, 힘 좀 내세요. 세상 다 산 사람처럼 왜 그러십니까?"

"그렇게 보이느냐?"

"아, 방법이 있다! 집으로 가서서 화해하고 오세요. 그러면 되는 거 아닌가요?"

"그게 그렇게 말처럼 쉽지는 않구나."

"그럼 선생님께 매달리십시오. 무조건 잘못했다고 하시면 될 것입니다. 선생님은 겉보기에 깐깐하고 잔소리는 많으셔도 잔정은 무척 많으신 분이거든요."

"녀석 참. 아무튼 날 이렇게 염려해 주는 사람은 너밖에 없구나. 선생님께서 널 그토록 아끼시는 이유를 이곳에 와서야 알겠다."

"그건 또 무슨 말씀이십니까? 선생님처럼 훌륭하신 분이 저같이 천한 것을 아끼시다니요."

"돌석아, 넌 그런 대접을 받을 만한 자격이 있다. 스스로를 너무 낮춰 생각하지 마라. 지나친 공손은 오히려 예가 아니라고 하는 말도 있지 않더냐."

돌석과 이함형의 대화는 더 이상 이어지지 못했다. 선생이 방을 나서는 기척이 들렸기 때문이다. 돌석 앞에 선 선생은 외출 준비를 하라고 일렀다. 이함형이 조심스럽게 물었다.

"목적지가 어디인지 여쭤봐도 괜찮겠습니까?"

"마을에 좀 다녀와야겠다."

"그럼 오늘 오가산당에는 아무도 오지 않는 겁니까?"

"오늘 올 이에 대해 잔뜩 기대했던 것처럼 들리는구나."

"그건 아닙니다만⋯."

"오늘 올 사람은 없느니라."

이함형의 질문에 선생은 명쾌하게 답변했다. 돌석은 서둘러 말을 끌고 와 선생이 말에 오르는 것을 도왔다. 조용하던 청량산에 경쾌한 말발굽 소리가 울려 퍼졌다.

오가산당에서의 지난 이틀은 잠시도 마음을 놓을 수 없는 긴장된 시간이었다. 마을로 가 기분 전환을 하는 것도 그다지 나쁘지는 않으리라. 매일 드나드는 마을이지만 산중에서 곧바로 향하는 것은 이전과는 다른 새로운 느낌을 주었다. 마치 먼 여행을 떠났다 돌아가는 기분이었다.

그러나 찜찜한 구석이 여전히 남아 돌석을 괴롭혔다. 돌석의 머릿속은 온통 그 부분에 대한 의문으로 가득 차 있었다. 오늘 올 사람은 없다? 그럼 선생의 가르침도 이것으로 끝이란 말인가.

그럴 리는 없었다. 오가산당에 도착한 날 선생은 분명 나흘 동안 머물면서 가르침을 베풀 것이라 했다. 오늘이 사흘째니 선생의 가르침이 벌써 끝나서는 안 된다. 선생은 그런 식으로 자신의 말을 손바닥 뒤집듯 하는 사람이 아니었다. 입과 귀로 하는 학문은 거짓이라며 말로 인한 폐해를 경고했던 선생이었다. 그런데 선생이 아무 일 없다는 듯 오가산당을 떠나며 오늘은 더 이상 올 사람이 없다고 단언한 것이다. 도무지 앞뒤가 맞지 않았다.

"돌석아!"

이함형의 날카로운 외침에 돌석은 정신을 차렸다. 돌석의 발 바로 앞에 찰랑이는 냇물이 있었다. 하마터면 말을 끌고 계곡으로 들어갈 뻔한 것이다. 가뭄이라고는 하지만 선생을 곤경에 빠뜨리기에는 부족하지 않은 수량이었다. 돌석은 선생에게 고개 숙여 사죄를 했다.

"선생님, 죄송합니다."

"허허, 네 마음은 벌써 마을에 가 있는 게로구나."

선생은 여유로운 태도로 돌석의 잘못을 용서했지만 돌석으로서는 부끄럽고 죄송하기 짝이 없는 일이었다. 자칫 실수로 선생이 물에 빠지기라도 했으면 그야말로 평생을 두고 후회할 일이 벌어질 뻔했다. 돌석은 정신을 차리고는 고삐를 쥔 손에 힘을 주었다. 선생이 웃으며 말을 이었다.

"돌석이 너 때문에 옛일이 생각나는구나. 내가 너만 한 나이였을 때 송재 선생을 따라 잔칫집에 간 일이 있다. 건네는 술잔을 거절할 만한 처지가 아닌 터라 주는 술잔을 모두 받아 마셨지. 그러다 보니 나도 모르게 술에 취해 버려 정신을 잃다시피 하는 지경에 이르렀다. 어느 정도 심한 상태였는가 하면…, 아, 글쎄 그때 돌아오는 길에 그만 말에서 떨어졌지 뭐냐."

선생의 실수담은 분위기를 가볍게 바꾸어 주었다. 돌석은 자신의 실수를 무마하기 위해 선생이 오래전의 부끄러운 일을 서슴없이 꺼냈음을 깨달았다. 선생의 배려에 그저 감격할 뿐이었다.

초여름치고는 상당히 무더운 날이 오늘도 이어졌다. 바람이 조금씩이라도 불어오는 것이 어제에 비해 그나마 나은 점이었다. 가뭄이 계속되고 있었지만 나무들은 그 와중에도 꿋꿋한 생명력을 과시하고 있었다. 나무들은 며칠 사이에 더 굵고 단단해진 듯했다.

나무에 비하면 사람은 참으로 나약한 존재라는 사실이 돌석의 가슴에 새삼 아픈 진실로 다가왔다. '화무십일홍花無十日紅'이라는 말을 습관처럼 해 대지만 돌석이 보기에 꽃은 열흘만 붉은 게 아니었다. 한 번 진 꽃은 이듬해 다시 피어난다. 사람들은 꽃이 지는 것만 생각하지만 바로 그 나무에서 이듬해 새 꽃이 피어난다는 사실, 그 꽃은 지난해의 꽃이 다시 태어난 것이라는 사실에는 주목하지 않는다. 돌석이 보기에 꽃과 나무의 생명은 그런 반복을 통해 영원에 가깝게 이어지는 것이었다.

선생은 유난히 매화를 좋아했다. 매화를 매형이라 부르며 늘 곁에 둘 정도였다. 선생은 어쩌면 그 매화를 보며 무상함을 넘어선 영원의 고고함을 느끼는지도 모른다. 선생의 삶도 그러하면 얼마나 좋을까.

산길을 지나는 선생의 기분이 과히 나쁘지 않은 모양이었다. 선생의 입에서 느릿한 노래가 흘러나왔다.

청산靑山은 어찌하여 만고萬古에 푸르르며
유수流水는 어찌하여 주야晝夜로 그치지 않는가
우리도 그치지 말고 만고상청萬古常靑하리라

선생이 지은 〈도산십이곡〉 중 제1곡으로 선생이 흥에 취했을 때 자주 부르는 노래였다. 돌석도 속으로 선생이 부르는 노래를 따라 했다. 처음에는 내용도 모르고 외웠지만 자꾸 따라 부르자 그 의미가 점차 마음에 와 닿았다. 청산도 좋고, 만고도 좋고, 유수도 좋고, 주야도 좋았다. 만고상청이라는 말은 더욱더 좋았다.

자연의 장구함에 비하면 사람의 짧은 삶은 아무것도 아니었다. 선생을 시중드느라 하루를 분주히 보내다가 밤이 깊어서야 비로소 모든 일에서 자유로워지면 돌석은 유정문을 열고 절우사를 지나 강 쪽으로 향했다. 그러고는 천연대 앞에 서서 혼자 이 노래를 부르곤 했다.

노래의 힘은 대단했다. 느릿하고 무덤덤하게 흐르는 노랫가락을 달빛과 강물에 실어 보내노라면 가슴속에 쌓여 있던 앙금들이 깨끗이 사라지는 기분이 들었다. 때로는 노래를 부르다 말고 주책없게 눈물을 찔끔거린 적도 있었다. 달빛과 강물만 알고 있는 돌석의 비밀이었다.

흥에 겨워 노래를 마친 선생은 이번에는 이함형에게 노래를 불러 보라고 권했다. 그러자 그가 목청을 가다듬고 노래를 부르기 시작했다.

춘풍春風에 화만산花萬山하고 추야秋夜에 월만대月萬臺라
사시가흥四時佳興이 사람과 한가지라
하물며 어약연비魚躍鳶飛 운영천광雲影天光이야 어찌 끝이 있으랴

이함형은 〈도산십이곡〉 중 제6곡을 불렀다. 선생의 노래가 유장하다면 이함형의 노래는 기개와 열정으로 가득했다. 선생의 노래에서 오래된 매화의 향기가 피어난다면 이함형의

노래에서는 푸른 대나무 향이 뿜어져 나왔다. 선생의 노래가 느긋이 세상을 관조하는 노인의 것이라면, 이함형의 노래는 공부에 일로매진하려는 젊은이의 굳은 다짐을 담고 있는 것이었다.

두 사람의 노래 모두 돌석의 마음에 쏙 들기는 마찬가지였다. 노래를 듣고 있으려니 어느새 청량산이 전설 속의 무릉도원이 되었다. 나뭇가지마다 복숭아가 가득했고, 계곡마다 난초 향이 가득했다. 돌석은 자신도 모르게 "아, 좋다!" 하고 크게 말해 버렸다.

이함형이 기가 차다는 표정으로 돌석을 쳐다보았다. 불에 달군 쇠처럼 얼굴이 붉어진 돌석은 아무 일도 아닌 척 고개를 돌려 버리고는 괜히 죄 없는 말만 두 눈 부릅뜨고 쳐다보았다. 허허 웃던 선생의 시선이 하늘로 향하자 이내 세상 걱정이 흘러나왔다.

"오늘도 비는 내리지 않겠구나."

"네, 당분간 비 구경하기는 어려울 듯합니다. 정말 큰일입니다."

선생은 산중에 있으면서도 사람들의 삶에 대한 관심의 끈을 놓지 않고 있었던 것이다. 오래간만에 흥겹던 분위기가 그 짧은 문답으로 다시금 가라앉았다. 오랫동안 제대로 된 비가 내리지 않자 농민들은 그야말로 아우성이었다.

문제는 이렇다 할 해결 방안이 없다는 것이었다. 선생이 단양 군수 시절 만들었다는 저수지가 생각났다. 단양은 예부터 물이 많은 고장이지만 물을 가둬 두는 시설이 없어 조금만 가물어도 농사에 많은 피해를 입기 일쑤였다. 이에 선생은 여울목이 좁은 지역을 찾아 둑을 쌓아 물을 막고는 '복도소復道沼'라 명명했다. 선생 덕분에 단양의 농민들은 한시름 놓을 수 있었다.

그러나 단양과 도산은 사정이 다를 터였다. 게다가 선생은 더 이상 관직에 머무르지 않는 상태였다. 선생이 할 수 있는 일이란 아무것도 없었다. 사람들은 월명담이란 연못에서 기우제를 지내면 틀림없이 비가 내릴 것이라며 토실한 돼지 한 마리를 바쳐 기원하기까지 했지만, 정성이 부족한 탓인지 때가 되지 않은 탓인지 하늘은 응답하지 않았다. 안타깝기는 하지만 사람들이 할 수 있는 조치라곤 그 정도였다. 우울한 현실에 세 사람은 할 말을 잃고 조용히 마을을 향해 내려갈 뿐이었다.

　마을 초입에 이르자 사람들이 모여 웅성거리는 모습이 제일 먼저 눈에 들어왔다. 무슨 좋지 않은 일이라도 생겼나 싶어 고개를 쭉 빼고 보니 모인 이들 중 일부는 다름 아닌 선생 댁의 노비들이었다. 쇠꼬챙이 마냥 바짝 마른 늦손이 아저씨도 있고, 덩치로 치면 마을 제일인 명복이 형과 늘 퉁퉁 부은 얼굴을 하고 있어 선생에게 항상 잔소리를 듣곤 하는 억필이도 있었다. 선생의 모습을 발견한 늦손이 아저씨가 종종걸음으로 재빨리 선생 앞에 다가와 섰다.

　"그동안 별고 없으셨지요?"

　"그래, 별일 없느니라. 준비는 다 되었느냐?"

　준비라니, 무슨 준비를 말하는 걸까. 선생과 늦손이 아저씨의 대화로 짐작해 볼 때 서당을 떠나기 전 이미 결정이 되어 있던 내용인 듯싶었다. 사람들이 모여 있는 곳은 다름 아닌 선생 소유의 논이었다.

논은 극심한 가뭄에도 불구하고 꽤 많은 물을 담고 있었다. 선생 댁의 논은 산에서 제일 가까운 곳에 위치한 덕분에 계곡에서 내려오는 물을 받아 쓰기가 용이했다. 하지만 다른 논들은 사정이 달랐다. 가뭄으로 수량이 여느 해에 비해 크게 줄어든 까닭에 계곡물은 선생 댁 논과 주위 몇몇 논에까지만 다다랐을 뿐 더 아래에 있는 논들에까지는 이르지 못했다.

목마름을 호소하며 거미줄처럼 쩍쩍 갈라진 논을 보니 돌석의 마음이 다 타들어 가는 기분이었다. 안타까운 일이지만 어쩔 수 없었다. 한바탕 큰비가 오기 전까지 사람이 손쓸 일은 거의 없었다. 일개 노비인 돌석의 마음이 그러한데 선생의 마음은 어떻겠는가. 서당에 있으면서도 마을의 안녕에 늘 관심을 갖고 있는 선생이었다.

돌석은 비로소 선생이 마을로 온 이유를 짐작할 수 있었다. 선생은 지루한 가뭄이 이어지자 농민들의 지친 마음이나마 위로하기 위해 행차에 나선 것이리라. 다른 이의 방문이라면 오히려 짐이 되겠지만 농민들도 선생만큼은 두 손 들어 환영했다. 선생의 인품은 양반이란 말만 들어도 치를 떨곤 하는 농민들 사이에서도 으뜸으로 평가받고 있었다. 양반이라고 거드름을 피우지도 않고, 만날 때마다 웃음 띤 얼굴로 먼저 인사까지 해 가며 상대를 맞이하니 도무지 싫어할 수가 없는 것이다.

선생은 돌석의 도움을 받아 말에서 내린 후, 바짝 마른 논을 보며 깊은 한숨을 내쉬었다. 하늘을 한 번 올려다본 선생은 늣손이 아저씨에게 지시를 내렸다.

"그럼 시작하거라."

늣손이 아저씨와 명복이 형, 억필이가 마을 사람들과 함께 선생의 논으로 갔다. 그들의 손에는 커다란 바가지가 하나씩 들려 있었다. 선생 댁 노비들과 마을 사람들이 힘을 합쳐 물을 퍼내는 걸 본 이함형이 깜짝 놀란 얼굴을 하고는 선생을 보았다.

"선생님, 지금 저들이 무엇을 하는 겁니까?"

분연해 마지않는 이함형과 달리 선생의 표정은 평온하기만 했다.

"보는 것 그대로네. 우리 논의 물을 퍼내 다른 이들의 논에 댈 것이라네."

"네? 그러면 선생님 댁의 논은 어떻게 합니까?"

"조만간 큰비가 오지 않으면 말라 버리지 않겠나?"

"그러면 논농사는…."

"아마도 올해는 지을 수 없겠지. 우리 때문에 다른 분들에게 피해가 가니 이참에 아예 밭으로 만들어 버릴까 생각 중이

네."

"선생님! 서당의 살림도 그리 풍족하지만은 않습니다. 그런 마당에…."

"곳간에 비축해 놓은 곡식도 아직은 넉넉히 남아 있는 편이고, 모아 둔 포목도 꽤 있으니 당분간은 염려하지 않아도 될 것이네. 게다가 알게 모르게 도와주는 분들도 여럿 있다네."

"선생님께서 이렇게 하신다고 해도 혜택을 보는 이는 서넛에 불과합니다."

"자네 말이 맞겠지."

"그렇다면…."

"자네 혹시 두 해 전, 병적 정리에 대해 내가 올린 상소를 기억하는가?"

"네, 기억합니다. 금상은 즉위한 뒤 병적 정리를 통해 결원을 보충하려 했지요. 그때 선생님께서는 가뭄과 재해로 백성이 고통을 겪고 있는 상황에서, 백성을 구휼하는 데 힘쓰기는커녕 백성을 협박하고 독촉하는 짓을 행해서는 안 될 일이라고 상소를 올리셨습니다."

"지금도 그 경우와 하등 다를 바 없네. 저렇듯 고통을 겪는 농민들을 보고도 두 눈 질끈 감고 하늘만 바라보라는 것인가? 그럴 수는 없다네. 공부를 한 사람으로서 어찌 그러고도 마음 편히 잠을 이룰 수 있겠는가?"

선생은 언성도 높이지 않은 차분한 목소리로 이함형에게 대꾸했다. 그러나 그 속에 담긴 뜻은 실로 무시무시했다. 다른 이들의 고통을 모른 체하고서는 공부를 제대로 했다고 말할 수 없다는 선생의 확고한 믿음이 담겨 있는 것이다. 선생의 대답을 들은 이함형은 고개를 숙인 채 아무 말도 하지 못했다.

선생과 이함형의 대화를 듣고 있던 돌석의 머릿속에 갑자기 떠오르는 일이 하나 있었다. 몇 해 전 겨울이었다. 서울에 사는 선생의 손자 안도가 급하게 사람을 보내왔다. 사연인즉슨 안도가 아이를 얻었는데 어미의 젖이 모자라 제대로 먹이지를 못하고 있다는 것이다. 안도는 선생 댁 노비인 요순 아줌마도 그 얼마 전 아이를 낳았다는 소식을 전해 들은 모양이었다. 안도는 요순 아줌마를 젖어미로 보내 달라고 선생에게 부탁했다.

편지를 손에 든 채 한참을 고민하던 선생은 결국 요순 아줌마를 불러 자초지종을 설명했다. 선생이 서울로 갈 수 있느냐고 묻자 요순 아줌마의 얼굴이 단박에 굳어졌다. 만약 서울로 간다면 자신이 낳은, 미처 이름도 얻지 못한 아이는 굶어 죽을 수도 있다. 그러나 노비란 무엇인가. 주인의 재산 아니던가. 주인이 가라면 가고, 쓰러지라면 쓰러지고, 죽으라면 죽는 시늉이라도 해야 하는 게 미천한 노비가 취해야 마땅할 태도 아니겠는가. 요순 아줌마가 힘없는 목소리로 "알겠습니다." 하고 대답했다.

우연찮게 그 광경을 지켜보던 돌석은 그 대목에서 입술을 깨물었다. 선생 또한 마음이 편치는 않았을 것이다. 그러나 증손자와 노비의 아이 중 한 명만을 택해야 한다면 과연 누구를 택해야 옳겠는가.

노비에게도 차별하지 않고 공정하게 대하려 애쓰는 선생이라지만 배를 곯는 자식을 둔 핏줄의 절박한 호소를 무시하기는 힘들 터였다. 선생은 가족을 제 몸처럼 아끼고 위하는 사람이었다. 한번은 맏아들 준의 아내가 선생의 생일을 맞아 의복을 만들어 보낸 적이 있었다. 보통은 당연하게 여기며 선물을 받는 것으로 끝났을 일이지만, 선생은 달랐다. 선생은 감사 편지와 함께 부채와 참빗을 구해 며느리에게 보냈다. 며느리의 생일을 맞아서는 바늘과 분까지 챙겨 보냈다. 선생은 그런 사람이었다.

안도의 편지를 받은 선생은 아이와 안도, 그의 아내가 겪을 참담한 고통을 제일 먼저 떠올렸을 것이다. 그리고 그 고통을 자신의 몸에 새긴 선생은 내키지 않는 마음을 꾹꾹 눌러 가며 요순 아줌마를 불러들였을 것이다.

그런데 일은 그것으로 끝난 것이 아니었다. 한 손으로 입을 가려 흐느낌이 새 나가는 것을 막고 다른 한 손으로는 눈물을 홈치며 나가던 요순 아줌마를 선생이 다시 불렀다.

"미안하네."

"….."

"내가 지금 한 말은 못 들은 것으로 하게나."

"네? 그게 무슨 말씀이신지….."

"서울로 가지 말라는 뜻이야."

"그러면….."

"자네에게도 아이가 있는데 내 어찌 그 아이를 죽이고 내 증손자를 살리겠는가? 그것은 사람으로서의 도리를 저버리는 행위네."

선생은 요순 아줌마를 그렇게 돌려보냈다. 요순 아줌마는 꼭 귀신에 홀린 사람 같은 표정을 하고는 선생 앞을 떠났다. 선생은 제자 한 명을 불러 편지를 쓰게 했다.

태어난 지 서너 달밖에 되지 않은 어린아이가 있는 젖어미를 서울로 보내 달라니, 이는 그 어린 것을 죽이는 것과 다름없다. 《근사록》에 이런 구절이 있느니라. '남의 자식을 죽여서 자기 자식을 살리는 짓은 매우 옳지 않은 일이다.' 그래도 젖어미를 원하거든 아이까지 데려가 두 아이를 함께 기르도록 해야 할 것이다. 그런 생각 없이 곧바로 아이를 버리게 하는 것은 어진 사람이 차마 하지 못할 일이며,

또 지극히 편치 않은 일이기도 하니 이 모든 일에 대해 다시 한번 생각해 보거라.

편지를 받아 든 안도 댁 하인이 하직 인사를 하고 밖으로 나가자 선생은 머리에 손을 얹더니 그 자리에 그대로 주저앉았다. 돌석은 재빨리 선생 곁으로 다가가 선생을 부축했다. 돌석의 손을 꼭 잡은 선생은 아무 말 없이 그저 하늘만 바라보고 있을 뿐이었다.

선생의 증손자는 불과 2년밖에 살지 못하고 세상을 떠났다. 그날 선생은 종일 방 안에 머물다 밤이 되어서야 밖으로 나오더니, 요순 아줌마를 불러 아이를 데려오라고 했다. 선생은 요순 아줌마의 아이, 이제 '만금'이라는 이름을 얻은 그 아이를 안았다. 그러고는 아이가 잘 자라는지, 부족한 것은 없는지를 물었다. 튼튼하게 잘 자란다는 말을 들은 선생은 말없이 고개를 끄덕거린 뒤 필요한 게 있으면 언제든 자신에게 말하라고 당부했다.

눈물을 흘리는 것은 선생이 아니라 요순 아줌마였다. 선생은 끝내 눈물을 보이지 않고 오히려 요순 아줌마를 위로했다. 선생은 그런 사람이었다. 선생의 공부는 과거에 급제해 세상에 이름 날리기만을 원하는 평범한 선비들의 그것과는 차원이 달랐다. 선생의 공부는 살아 있는 사람들을 배려하는 것을 우선으로 하는, 생명의 의미를 아는 참된 공부였다.

돌석은 더 이상 지켜보고만 있을 수 없었다. 논을 향해 달려가서 물을 퍼내는 대열에 합류했다. 올 겨울에 식량이 부족해 고생할 것은 불문가지였다. 거친 추반마저도 입맛을 다시며 그리워하는 날이 올지도 모른다. 그래도 좋았다. 물을 퍼내는 돌석의 마음은 한량없이 기쁘기만 했다.

오가산당에 돌아온 선생은 오후 내내 휴식을 취했다. 마을 농민들이 차려 놓은 술상을 거절하지 못하고 예닐곱 잔의 술을 연달아 마신 탓이었다. 마을은 꼭 축제 날 같았다. 선생 앞에서 춤을 추는 이도 있고, 노래를 부르는 이도 있었다. 근심으로 찌들었던 얼굴들이 오랜만에 활짝 펴졌다.

서당으로 찾아오는 이들과 대작할 때면 마시는 술의 양을 엄격하게 제어하는 선생이지만 어쩐 일인지 농민들의 권유에는 서당에서처럼 강하게 거절하지 못했다. 어쩌면 그것이 바로 선생다운 점이기도 했지만. 선생은 농민들이 웃고 떠들고 술 마시는 광경을 한참 동안 바라보며 즐긴 후에야 자리에서 일어났다.

저녁 무렵 선생은 이함형과 돌석을 다시 불러들였다. 이함형의 얼굴에는 긴장한 기색이 역력했다. 초조하기는 돌석 또한 마찬가지였다. 돌석으로서는 다만 이함형이 생각했던 일이 현실로 일어나지 않기만을 바랄 뿐이었다.

두 사람이 자리에 앉자 선생은 돌석에게 《성학십도》를 내밀었다. 《성학십도》는 2년 전 선생이 임금을 뵈었을 때 만들어 바친 책이다. 유학의 열 가지 기본 원리를 그림과 글을 통해 설명한 책으로, 선비들 사이에서는 선생의 《성학십도》를 가지고 병풍을 꾸미는 게 유행이 되다시피 하였다.

"제9도인 〈경재잠〉에서 내가 표시한 부분을 먼저 읽어 보도록 해라."

"마음을 동쪽으로 갔다 서쪽으로 갔다 하지 말며, 남쪽으로 갔다 북쪽으로 갔다 하지 말고, 일을 만나 마음을 보존하여 다른 데로 가지 말라. 두 가지 일이라고 마음을 둘로 나누지 말고, 세 가지 일이라고 마음을 세 가지로 나누지 말며, 마음을 전일하게 하여 만 가지 변화를 살펴라. 이것에 종사함을 경敬을 지킨다고 하니, 움직일 때나 고요할 때나 어기지 말고, 밖이나 안이나 번갈아 바르게 하라. 잠시라도 틈이 나면 만 가지 사욕이 일어나, 불길 없어도 뜨거워지고 얼음 없어도 차가워진다."

"잘 읽었다. 이 군이 설명을 좀 해 주겠나?"

"〈경재잠〉은 주자께서 자신의 방인 경재에 붙여 두고 스스로를 경계한 글로써, 처한 상황에 따라 해야 할 공부를 나열한 것입니다. 여기에서의 공부란 경 공부입니다. 마음이 몸의 주재라면, 경은 마음의 주재입니다. 그러니 경 공부란 마음이 흔들리지 않게 다잡는 집중의 공부를 말하는 것이지요.”

　“경 공부는 어떤 방법으로 하는가도 설명을 해 주게나.”

　“첫 번째로 ‘주일무적主一無敵’이 있습니다. 단 하나를 붙들 뿐, 딴 데로 가지 말라는 뜻입니다. 책을 읽는 것을 예로 들어 보겠습니다. 사람들은 책 한 권을 읽으면서도 수많은 잡념에 빠집니다. 혹은 앞으로 읽을 내용을 예단하느라 지금 읽는 것은 대충하는 경우도 있습니다. 눈은 글자를 읽되, 마음은 이미 다른 곳에 가 있는 것입니다. 오랜 시간 읽었음에도 자리에서 일어나면 아무것도 생각나지 않는 것이 그러한 까닭입니다. 그래서야 하루 온종일 책을 붙들고 있어도 제대로 된 독서가 될 리가 없습니다. 한 번에 하나씩, 온전히 다 끝낸 후에야 다른 공부를 하는 것이 바로 주일무적입니다.”

　이함형의 설명은 계속 이어졌다. 돌석은 온 정신을 집중해 이함형의 설명을 이해하려 애썼다. 주일무적은 그러니까 선생이 돌석을 볼 때마다 하는 ‘한 가지 일을 할 때는 그 일에 전념하여 다른 일이 있음을 알지 못하도록 하라.’는 잔소리를 조금 어렵게 표현한 것일 터였다. 선생이 그 말을 그토록 자주 한 이유를 비로소 깨달은 돌석은 고개를 끄덕이며 공감을 표시했다.

두 번째로 말한 것은 '정제엄숙整齊嚴肅'이었다. 조금은 추상적인 주일무적에 비하면 정제엄숙은 구체적인 것이라 이해하기에 어려움이 없었다. 정제엄숙은 자세를 가다듬고, 마음을 엄숙하게 가지라는 의미였다. 이함형은 정제엄숙이란 주로 예의와 몸가짐을 의미한다고 부연하여 설명했다. 돌석은 두 무릎을 당기고 손으로는 옷매무새를 추슬러 곧바로 정제엄숙을 실천했다.

세 번째로 이함형이 말한 것은 '상성성법常惺惺法'이었다. 이것은 말 그대로 항상 깨어 있어야 한다는 의미였다. 조금 쉬운 말로 하면 각성이 될 터였다. '잠시라도 틈이 나면 만 가지 사욕이 일어나, 불길 없어도 뜨거워지고 얼음 없어도 차가워진다.'는 구절이 이에 대한 근거가 될 듯싶었다. 요즘 들어 부쩍 잡념이 많아진 돌석으로서는 이 또한 마음에 담아 두고 수시로 점검해야 할 방법이었다.

마지막 방법은 마음을 수렴하여 한 물건도 용납하지 않는 것, '기심수렴 불용일물其心收斂 不容一物'이었다. 돌석은 이것을 주일무적의 다른 표현으로 이해했다.

"잘 설명해 주었네. 돌석아, 이번에는 제10도인 〈숙흥야매잠〉에서 내가 표시한 부분을 읽도록 해라."

"닭이 울 때 깨어나면 생각이 차츰 달리기 시작하니, 어찌 그 사이에 마음을 고요히 하여 정돈하지 않을 수 있겠는가! 혹 지나간 허물을 살피고 새로 얻은 것의 실마리를 찾으면, 순서와 조리를 묵묵한 가운데 또렷하게 알게 될 것이다. 근본이 이미 확립되거든 이른 새벽에 일어나, 세수하고 머리 빗고 의관을 차리고 단정히 앉아 몸을 단속하여라. 이 마음을 끌어모으면 떠오르는 태양처럼 환하고, 몸을 엄숙하게 정돈하여 가지런하게 하면 마음이 텅 비고 밝고 고요하여 전일하게 될 것이다."

돌석이 읽기를 마치자 〈경재잠〉과 마찬가지로 이함형이 설명을 덧붙였다.

"숙흥야매는 일찍 일어나고 늦게 잔다는 뜻입니다. 곧 〈숙흥야매잠〉은 이른 아침부터 늦은 밤까지 지켜야 할 삶의 자세를 설명하는 글입니다. 〈경재잠〉이 상황에 따른 공부라면 〈숙흥야매잠〉은 시분 공부, 곧 일상에서 시간에 따른 공부를 이야기하는 것입니다. 《중용》에 보면 '도라는 것은 잠시도 떠날 수 없는 것이니, 떠날 수 있다면 그것은 도가 아니다. 그러므로 군자는 그 보이지 않는 바에 경계하고 삼가며, 들리지 않는 바에 조심하고 두려워한다. 숨어 있는 것보다 더 드러나는 것이 없으며, 미세한 것보다 더 뚜렷한 것이 없다. 그러므로 군자는 홀로 있을 때 삼간다는 것이다.'라는 구절이 있는데 이것이 바로 〈숙흥야매잠〉에서 말하는 것과 같은 의미입니다."

"잘 설명해 주었네. 공부란 결국 마음을 다잡는 일일세. 마음이 중심을 잡지 못하면 그 어떤 공부를 해도 소용이 없는 것이야. 어느 상황, 어느 때이건 이것 하나만은 잊지 말아야 할 것이니, 공부의 핵심 중의 핵심이라고 말할 수 있겠지."

"홀로 있을 때 삼간다는 것은 무슨 의미인지요?"

돌석의 질문에 이함형이 답을 하고 나섰다.

"이른바 '신독慎獨'이란 것이니라. 도란 잠시라도 떠날 수 없는 것이니 남이 볼 때와 남이 보지 않을 때의 행동이 다를 수는 없는 법이지. 아무래도 남이 보지 않을 때 잘 하기가 더 어렵다는 것은 너도 잘 알고 있을 게다. 그러니 군자의 됨됨은 남과 함께 있을 때보다는 혼자 있을 때의 행동에서 더 명확하게 드러나기 마련이라는 뜻인 게지."

"알겠습니다."

결국 신독이란 남의 시선에 의지하지 않고 언제 어디서나 공부한 그대로를 행하라는 의미인 것이다. 이함형이 쉽게 풀어놓는 설명 하나하나가 실은 천근만근만 한 무게를 지니고 있다는 사실을 다시 한번 실감하는 순간이었다. 선생이 《성학십도》의 또 다른 부분을 가리켰다.

"돌석아, 이번에는 제2도인 〈서명〉에 표시된 부분을 읽어 보도록 해라."

"하늘을 아버지라 부르고, 땅을 어머니라 부른다. 이 조그만 몸이 그 가운데 섞여 있도다. 그러므로 천지 사이에 가득 찬 것은 나의 형체가 되었고, 천지를 이끄는 것은 나의 본성이 되었다. 백성은 나의 동포요, 사물은 나와 함께하는 무리다. 천자는 내 부모의 종자요, 대신은 종자의 가상이다. 나이 많은 이를 높이는 것은 나의 어른을 어른으로 대접하는 것이요, 외롭고 약한 이를 불쌍히 여기는 것은 나의 어린이를 어린이로 대하는 것이다."

"수고했네. 이 군, 그럼 〈서명〉에 대해 설명을 해 주겠는가?"

"〈서명〉은 장재가 지은 것으로 원래 이름은 '정완訂頑'이었습니다. 정은 그릇된 것을 바로잡는다는 뜻이며, 완은 어질지 않고 완고함을 말합니다. 그러므로 정완은 어질지 않고 완고한 마음을 바로잡는다는 의미가 됩니다. 그것을 바로잡기 위해서는 다른 이들에 대한 인의 마음이 있어야 합니다.

이렇게 볼 때 〈서명〉의 근본 취지는 다름 아닌 인임을 알 수 있습니다. 《태극도설》에서 설명한 대로 나와 천지 만물은 원래 같은 뿌리입니다. 물아일체物我一體인 것이지요. 사랑과 배려의 마음인 인 앞에서 사물과 나는 구분되지 않습니다. 또 하늘의 달은 하나이지만 그 달은 세상 모든 곳을 고르게 비춥니다.

인의 원리 또한 그와 같습니다. 이른바 이일분수理一分殊라는 것으로, 근본적인 원리를 개별적인 상황에 맞게 발현해 나가야 한다는 의미입니다. 하늘로써 아버지를 삼고, 땅으로써 어머니를 삼는 것은 만고의 진리입니다. 그러나 사람에게는 각자의 어버이가 있고, 각자의 자식이 있습니다. 만고의 진리를 알되, 그 진리를 각각의 상황에 맞게 행해야 이일분수를 제대로 실천하는 것이지요."

"내 질문 하나를 하겠네. 그렇다면 〈서명〉에 '나'라는 글자가 열 번이나 나오는 이유는 무엇인가? 성현께서 그렇듯 나를 강조하는 것은 방금 이야기한 이일분수와 모순되는 것은 아닐까?"

"그것은…."

지금껏 막힘없이 답해 오던 이함형이 머뭇거렸다. 그 모습을 지켜보던 선생이 슬며시 입을 열었다.

"자공이 공자께 인에 대해 물은 적이 있지. '널리 인정을 베풀어 백성을 구제하는 것을 인이라고 할 수 있습니까?' 그에 대해 공자께서는 이렇게 답하셨네. '어진 사람은 자기가 서고자 할 때 남을 세우고, 자기가 도달하고자 할 때 남을 도달하게 한다.' 이 대화의 의미는 이렇다네. 자공은 인을 찾으면서 가장 중요한 것을 잊었지. 그것은 바로 자기 자신일세. 인의 본체는 다름 아닌 자기 자신임에도 자공은 자기와 관련 없는 먼 곳에서 인의 의미를 찾으려 했고, 공자는 자공의 그러한 잘못을 깨닫게 해 반성토록 한 것이라네. 자공이 공자께 인의 의미를 물은 것에는 실은 자기도 그만하면 인한 사람이니까 좀 인정해 달라는 속내가 숨겨져 있었다네. 선생은 제자들 중 안회에게만 인하다고 했으니 자공도 슬쩍 조바심이 난 것이지. 그런데 선생은 단칼에 내리치셨네. '자공아, 너는 진정으로 인한 게 아니라 인한 걸 보이고 싶어 하는 사람 같구나.' 하고 말일세."

"무턱대고 행하는 데만 치우칠 게 아니라 나라는 존재에 대한 깨달음, 그 일을 하는 이유에 대한 깨달음이 선행되어야 한다는 뜻이군요."

"그렇지. 인은 비록 천지 만물과 더불어 일체가 되는 것이기는 하나, 반드시 자기로부터 근본을 삼고 주재하여 다가서야 하는 것이라네. 그래야만 만물과 내가 하나의 이치로 관련되어 있다는 것과 가슴속 가득한 측은지심이 막힘없이 두루 퍼져 있다는 인의 실체에 일치하는 법일세. 이러한 이치를 모른 채, 천지 만물과 일체가 되는 것이 인이라고 생각해 버리면, 그것은 우리 인간의 몸과 마음과는 아무런 관계가 없는 것이 되어 버린다네. 그렇게 되면 인은 자연스러운 것이 아니라 사람을 구속하는 괴이한 것이 되어 버리고 말지."

선생의 설명을 들으니 비로소 고개가 끄덕여졌다. 어제도 말했지만 공부는 근본적으로 나에서부터 출발하는 것이어야 한다. 그 의미를 잊을 때 자발성이 사라지고, 획일과 복종을 강요하는 나락에 빠지게 된다. 나로부터 출발해 세계로 그인의 마음을 뻗어 나가는 것이 무엇보다도 중요했다. 남을 돕는 것을 의무로 여기는 것이 아니라 진심에서 우러나와 행동으로 이어져야 한다는 말이다. 오늘 선생이 마을에서 보여 준 행동이 그 좋은 예라 할 수 있을 터였다.

"충서忠恕가 무엇인가? 충은 바로 마음의 중심이고, 서는 나의 마음과 같다는 뜻일세. 그러므로 충서는 내가 깨달은 마음의 중심을 그대로 남들에게 행하는 것일세. 그렇게 되어야 진정한 이일분수를 실천하는 것이고."

선생은 고개를 끄덕이고 있는 이함형에게 뜻밖의 말을 던졌다.

"이것으로 이 군 자네에게 가르칠 내용을 다 전달했네. 이제 그만 산을 내려가도록 하게나."

선생의 가르침을 되씹던 돌석은 선생의 말에 깜짝 놀랐다. 이함형이 예견한 대로 된 것이다. 스스로 예견한 것인 만큼 그의 표정은 담담하기만 했다.

"선생님, 제가 선생님 곁을 떠나 어디로 가겠습니까?"

"어디로 가긴, 집으로 가야지."

"선생님 제자로 남아 있기엔 제가 한없이 부족하다는 것을 잘 압니다. 하지만 그렇다고 저를 이렇듯 내치시면…."

"무슨 소리인가? 자네같이 훌륭한 제자를 내가 왜 내치겠는가? 자네 같은 이를 제자로 둘 수 있다는 것은 내게 참으로 기쁜 일일세."

"선생님, 그럼…."

"공자께 안회가 있다면, 내겐 자네가 있네."

"선생님!"

"명색이 자네의 스승일세. 스승이 제자의 마음속에서 무슨 일이 일어나고 있는지를 짐작조차 못할 것 같았나?"

"선생님, 알고 계셨습니까?"

"자네를 위해 내가 편지를 한 통 썼네. 집에 가서 부인과 함께 읽어 보도록 하게."

"선생님, 선생님의 뜻은 알겠으나 저는 이미 제 아내와 헤어지기로 결심했습니다."

"그래서는 안 되네. 조강지처를 그렇듯 쉽게 버려서야 되겠는가?"

"그건 알고 있습니다만…."

"도대체 무슨 사연이 있기에 심성 고운 자네가 그토록 완고한 마음을 먹게 되었는가?"

"선생님, 저희 부부는 결혼한 지 사 년 만인 작년에 비로소 아이를 얻었습니다. 그런데 너무도 힘들게 태어난 그 아이가 고작 열흘밖에 살지 못하고 죽었습니다. 아내는 몹시 상심하여 침식을 거르고 밤낮으로 울기만 했습니다. 처음 며칠간은 아내 곁에 머무르며 아내를 위로했습니다. 그런데 열흘이 지나고 스무 날이 지나도 아내의 태도는 변하지 않았습니다. 그대로는 안 되겠다 싶었습니다. 저는 죽은 아이는 이제 잊어버리자고 말했지요. 그랬더니 아내는 저를 보며 고개를 젓더군요. 그 뒤로 아내는 저와 눈도 마주치지 않았습니다.

그뿐만이 아닙니다. 아내가 집을 비우는 일이 잦아졌습니다. 저는 아내가 스스로를 해할까 두려워 하인을 시켜 뒤를 밟게 했습니다. 그 결과 아내가 절을 찾아 불공을 드린다는 사실을 알아냈습니다. 저는 아내를 붙잡고 아무리 힘들어도 그래서는 안 된다고 나무랐습니다. 그것은 유생인 지아비를 모욕하는 일이라고 잘 알아듣도록 말했습니다. 그러나 아내는 바뀌지 않았습니다. 그 뒤로 아내를 설득하기 위해 제가 할 수 있는 일은 다해 보았습니다. 하지만 이제는 저도 포기했습니다. 아내의 마음속에는 죽은 아이만 있고 더 이상 저는 존재하지 않습니다. 어찌 아내로서 그럴 수 있단 말입니까? 지아비를 무시하는 것도 모자라 아예 상대하지도 않으니 이는 칠거지악보다 더한 죄악을 범한 게 아니겠습니까? 많이 고민했으나 아내를 더 이상 내버려 둘 수는 없다는 게 제가 내린 마지막 결론입니다."

"이 군, 자네가 많이 노력했다는 것은 나도 잘 알고 있네. 하지만 부부 관계란 그렇듯 쉽사리 포기해서는 안 되는 것이야. 이제 와 하는 말이지만 나 또한 결혼 생활에 어려움이 많았네. 그래도 절대로 포기하지 않았다네."

"선생님….."

"이 군, 자네 부인의 입장에서 한번 생각해 보게. 조금 전에 말한 충서의 마음으로 말이야. 내가 보기에 자네는 부인의 고통을 진심으로 받아들인 것 같지가 않아. 부인의 고통에 귀를 기울이는 게 아니라 마땅히 이러해야 한다는 자네만의 생각에서 벗어나지를 못한 것 같네. 부인이 왜 절을 찾았을까? 그것에 대해 그토록 격분하는 게 과연 도리에 맞는 일이었을까? 율곡 같은 이도 어머니를 잃은 슬픔을 견디지 못하고 금강산으로 가 절을 기웃거린 적이 있었네. 가족이 고통을 겪을 때 도리만을 내세우는 것은 사람들에게 또 다른 고통을 주는 일일세."

"그렇기는 합니다만 그래도 유생의 아내가 절까지 출입한다는 것은….."

"이 군."

이함형은 잠시 눈을 감았다 떴다. 그의 눈가가 어느새 붉어져 있었다.

"선생님 말씀이 맞습니다. 아이가 죽은 고통보다 더 저를 괴롭게 만든 것은 아내가 절에 드나든다는 사실이었습니다. 그 사실을 사람들이 알게 되면 저를 어떻게 생각할까 하는 마음뿐이었습니다. 제 머릿속은 늘 그에 대한 변명거리로 가득차 있었습니다. 아내의 마음이 얼마나 괴로웠을지는 생각도 않고….”

“누구나 집안 식구에게는 바라는 게 많은 법이네. 집 밖에서는 대범한 군자로 지내다가도 집 안에서는 조그만 일에도 화를 참지 못하는 것이 바로 그러한 이유일세. 이 모두가 공부가 덜된 탓이네. 감정에만 치우쳐 인이 무엇인지는 생각도 못 하게 되는 것이지. 가까운 사람일수록 더 정성을 다해 대해야 하는 법일세.”

“명심하겠습니다.”

“이제 가 보게. 집에 들어가기 전 문밖에 서서 내 편지를 먼저 읽어 보도록 하게. 그 마음을 가지고 집 안으로 들어서게. 내 말을 절대 잊어서는 안 되네.”

“선생님께서 이렇게까지 마음을 써 주시니 정말 몸 둘 바를 모르겠습니다.”

“자네는 내게 참으로 소중한 제자일세. 자네를 잃기 싫네.”

진심을 듬뿍 담은 선생의 말이 떨어지자 이함형의 눈에서 눈물이 뚝뚝 떨어졌다. 그가 울먹이며 말했다.

“선생님, 선생님은 도저히 제가 따라갈 수 없는 분입니다.

어찌 저같이 부족한 사람을 이토록 아끼시는지요?"

"자네가 얼마나 열심히 공부하고 있는지 누구보다도 잘 알기 때문이지. 부디 이 어려움을 잘 이겨 내기만을 바라겠네. 어서 가 보게나."

"선생님!"

이함형은 선생에게 절을 한 뒤 자리에서 일어났다. 그는 아쉬운 듯 자꾸 뒤를 돌아보다 문을 열고 나갔다. 돌석도 선생에게 절을 하고는 그의 뒤를 따랐다. 짐을 싸던 이함형은 돌석이 방 안으로 들어서자 아직 눈물 자국이 남아 있는 얼굴에 웃음을 지으며 부탁했다.

"돌석아, 부디 선생님을 잘 모시거라."

"네, 선생님은 제가 잘 모실 테니 아무 염려 마십시오. 대신 꼭 돌아오셔야 합니다."

"글쎄다. 그동안 너무 마음을 닫고 살았던 터라 어찌 될지…."

이함형이 더 이상 말을 잇지 못했다. 그는 고개를 젓고는 자리에서 일어나더니 돌석의 손을 꼭 잡았다. 그의 가는 손에서 따뜻한 체온이 느껴졌다. 그 온기가 더욱 가슴을 사무치게 만드는 바람에 돌석은 아무 말도 못 한 채 그저 이함형의 손만을 더 세게 쥐었다.

오늘도 돌석은 깊은 밤이 되어서야 선생의 가르침을 모두 정리해 낼 수 있었다. 붓을 놓고 손을 주무르던 돌석의 시선이 이함형이 머물렀던 자리를 향했다.

고작 몸 하나 누일 수 있는 공간이지만 돌석에게는 그 빈자리가 유난히 커 보였다. 며칠 동안 함께했던 이함형을 더 이상 볼 수 없을지도 모른다고 생각하니 마음이 허전해졌다. 짧은 시간이지만 그와 정이 들 대로 들었다.

피붙이가 없는 돌석에게 이함형은 신분의 차이에도 불구하고 친형 같은 역할을 톡톡히 해 주었다. 앞으로 그처럼 진심으로 돌석을 염려해 주는 이를 만나기란 쉽지 않을 터였다. 과연 그는 선생의 편지로 부인의 마음을 돌릴 수 있을까. 이함형이 부인과의 문제를 풀지 못한다면 결국 선생 곁을 떠나

게 될 터였다. 그것은 선생과 이함형은 물론 돌석의 마음도
아프게 만드는 결과일 것이다.

돌석은 선생의 편지가 모든 것을 바꿔 놓으리라 믿고 싶었
다. 편지에 진심을 담는 데는 선생만 한 이가 없었다. 선생의
가르침이 돌처럼 단단해진 마음을 부드럽게 만들 듯, 선생의
편지 또한 허물어지기 직전인 두 사람의 관계를 복원하는 데
일조하기만을 바라고 또 바랄 뿐이었다.

제자를 자기 몸처럼 아끼는 선생의 태도에는 정말로 감복
했다. 보통 선생 정도의 나이가 되면 자신의 명성만 생각하느
라 세상의 자질구레한 일들에는 신경 쓰고 싶어 하지 않는 법
이다. 그러나 선생은 달랐다. 주위 사람들의 작은 일 하나하
나를 모두 머리에 담아 두는 것은 물론, 어떻게 하면 그 일을
원만하게 해결할 수 있는지까지도 쉼 없이 고민했다. 선생이
야말로 단순히 공부를 가르치는 스승이 아니라 인생의 스승
이었다.

돌석의 머릿속에 이미 오래전 세상을 떠난 선생의 두 번째
부인 권 씨에 대한 이야기가 자연스럽게 떠올랐다. 돌석이 태
어나기도 전의 일이라 역시 잇금이 할머니에게 들은 이야기
였다. 잇금이 할머니는 권 씨에 대한 이야기를 하면서 생각만
해도 진저리가 난다는 표정을 여러 번 짓곤 했다.

선생은 절대로 포기하지 않았다고 말했지만 사실 권 씨는

포기해야 마땅한 사람이었다. 권 씨는 다른 이에 비해 지적 능력이 조금 떨어졌다. 집안의 환난으로 어린 시절에 큰 충격을 받았기 때문이라 했다. 그 모자란 권 씨가 선생과 같이 살게 된 데에는 특별한 사연이 있었다.

첫번째 부인과 사별한 선생은 아직 어린 아이들을 키워 줄 여인을 찾았다. 임시방편 삼아 첩을 얻은 뒤 아이들을 돌보게 했지만, 아이들의 미래를 위해서라도 떳떳한 신분의 부인을 얻어야만 했다. 그런 그에게 연락을 해 온 이가 있었다. 예안에서 귀양살이를 하던 권질이었다. 기묘사화로 화를 당한 권질은 안면이 있던 선생을 불러 난처하기 이를 데 없는 부탁을 했다. 선생이 재혼할 의사가 있는지를 묻더니 정해진 혼처가 없다면 자신의 둘째 딸을 데려가 달라고 한 것이다.

보통 사람 같으면 단박에 거절하고 말았을 부탁이었다. 훗날 유배가 풀리기는 했지만 당시만 해도 대역죄인이던 권질의 부탁이라는 것도 꺼림칙한 판에 정신도 온전하지 않은 딸을 선생의 상대로 거론했던 것이다. 단순히 거절하는 게 아니라 심하게 역정을 낸다고 해도 뭐라 책할 수 없는 상황이었다. 그런데 선생은 그 상황에서 어떤 태도를 취했던가. 몇날 며칠을 고민해도 답을 내리기 쉽지 않은 문제였으나 선생은 별다른 고민도 하지 않고서 그의 부탁을 받아들였다.

선생은 그 이유에 대해 지금껏 말을 아꼈으나 돌석이 짐작하기에는 바로 충서의 마음 때문이었을 것이다. 선생마저 거절한다면 권질의 심정이 어떻겠는가. 선생이 염려한 것은 바로 그 점이었다. 자신의 이익만 생각했다면 결코 그런 파격적인 결정을 내릴 수는 없었을 터였다.

부부의 연을 맺기는 했지만 권 씨 부인과 사는 것은 짐작했던 것보다 훨씬 더 어려운 일이었다. 권 씨 부인은 선생의 지극한 마음도 모르는 채 수시로 크고 작은 사고를 냈다. 제사상에서 떨어진 배를 혼자 먹겠다고 치마 속에 숨기는 바람에 큰 소란이 벌어진 적도 있었고, 갑자기 큰 소리로 울음을 터뜨려 주위 사람들을 당혹케 한 일도 있었다. 해진 선생의 흰 도포에 빨간 헝겊을 대어 꿰매는 바람에 그것을 입고 상갓집에 간 선생을 난처하게 만든 일도 빼놓을 수 없다.

사람들은 예를 중시하는 선생이니만큼 빨간 헝겊을 댄 것에 심오한 의미가 있다고 여겼다. 부인이 실수했노라고 솔직하게 말했다간 부인의 부덕함을 세상에 알리는 셈이 되므로 선생은 적당한 변명거리를 찾아 해명하느라 진땀깨나 흘렸다. 권 씨 부인의 실수로 선생이 난처한 상황에 처한 일을 일일이 꺼내 놓자면 엽전 한 꾸러미는 족히 필요한 판이다. 아무튼 선생은 권 씨 부인이 죽는 날까지 칼날 위를 걷는 듯한 위태로운 순간들을 수없이 겪었다.

그런데도 선생은 권 씨 부인에게 싫은 소리 한 마디도 한 적이 없었다. 치마 속에 배를 숨긴 이유가 배를 먹고 싶었기 때문임을 알고는 그 자리에서 껍질을 깎아 부인에게 주었다는 후일담이 선생의 지극정성을 대변해 준다. 그뿐만이 아니었다. 16년 후 권 씨 부인이 죽자 선생은 정성을 다해 장례를 치러 주었고, 영지산에 무덤을 쓴 후에는 건너편에 암자를 짓고 일 년 동안 아내의 무덤을 지키기도 했다. 그런 선생이니 애제자인 이함형이 아내 때문에 애태우는 사정을 알고는 누구보다 가슴 아파한 것이다.

선생은 편지에 무슨 내용을 썼을까. 과연 그 편지 하나로 가정을 온전히 되살릴 수 있을까. 돌석으로서는 그저 선생의 진심이 통해 이함형이 다시 돌아오기만을 바랄 뿐이었다.

"선생님까지 나섰으니 잘되겠지. 잘되고말고."

돌석은 혼자서 중얼거리고는 자리에서 일어서 선생의 방으로 향했다.

오늘도 여전히 편지를 읽으며 무엇인가를 정리하고 있던 선생은 돌석을 반갑게 맞아들였다. 선생이 기록을 읽는 동안 돌석은 그 내용들을 머릿속에 떠올려 보았다.

일상에서 간단없이 이루어지는 공부

매순간 흔들리는 마음을 다잡아 집중하도록 하라_ 마음을 다
잡는 공부, 곧 경 공부에는 네 가지 방법이 있다.

첫째는 '주일무적主─無敵'이다. 단 하나를 붙들 뿐, 딴 데로 가
지 말라는 뜻이다. 분명 책을 읽었는데 하나도 기억나지 않는다면
그것은 책을 읽으면서 다른 일을 생각하거나 그 뒤의 내용을 예단
하느라 바빠 주일무적이 이루어지지 않았기 때문이다. 한 번에 하
나씩, 하나가 다 마무리된 후에야 다른 공부를 하는 것이 바로 주
일무적이다.

둘째는 '정제엄숙整齊嚴肅'이다. 자세를 가다듬고 마음을 엄숙
하게 가지라는 의미로, 의관을 정제하라의 '정제'와 엄숙하게 하라
의 '엄숙'이다. 마음을 다잡기 위해서는 외부를 가다듬는 형식적인
면 또한 중요하다. 옷 입는 것이나 자세를 바로잡는 것과 같은 사
소한 행동들이 결국은 다 마음을 다잡는 데 적지 않은 도움을 준
다.

셋째는 '상성성법常惺惺法'이다. 이것은 말 그대로 항상 깨어 있
어야 한다는 의미다. 모든 순간에 깨어 있어야 미묘한 변화까지 눈

치채 마음을 다잡을 수 있다.

넷째는 마음을 수렴하여 한 물건도 용납하지 않는 것으로, '기심수렴 불용일물其心收斂 不容一物'이다.

공부는 따로 시간을 정해 두고 하는 것이 아니다_ 매일 매순간, 모든 상황에서 공부 아닌 것이 없다. 〈경재잠〉은 상황별 공부법이며, 〈숙흥야매잠〉은 시간별 공부법이다.

공부는 일상에서 '충서忠恕'의 마음으로 드러난다_ 충은 내 마음의 중심을, 서는 나의 마음과 다른 이의 마음이 같다는 것을 말한다. 그러므로 충서는 내가 깨달은 내 마음의 중심을 그대로 남들에게 행하는 것이다. 물아일체, 이일분수가 바로 충서에서 비롯된다.

어느 것 하나 만만하지가 않았다. 선생이 말하는 공부는 학문의 기초를 닦는 일에서부터 출발해 세상을 두루 밝히는 일까지 광범위하게 아우르고 있었다. 돌석은 세상 사람들이 앞다투어 선생을 존경하는 이유를 오늘에야 제대로 깨달은 듯했다. 선생이 돌석에게 기록을 돌려주며 말했다.

"오늘 정리한 기록은 특히 중요한 지침들이다. 새기고 또 새겨 머릿속에 완전히 넣어 두도록 해라."

"알겠습니다."

"돌석아."

선생은 돌석의 이름을 부르고는 한동안 입을 열지 않았다. 그러더니 웃으며 돌석을 바라보다 마침내 다시 입을 열었다.

"어떠냐? 짧은 시간에 여러 가지 일이 한꺼번에 일어나니 무척이나 힘들지?"

진심을 숨기는 것은 별 의미가 없을 것 같았다. 선생의 질문은 돌석을 책망하거나 잔소리를 하려는 의도에서 나온 것 같지 않았다. 그래서 돌석은 느낀 대로 솔직하게 답했다.

"솔직히 말씀드리자면 그렇습니다."

"이 늙은이가 과도하게 욕심을 낸 까닭에 괜한 너만 괴로움을 당하는구나."

"그런 말씀은 마십시오. 조금 힘들다 뿐이지 못 견딜 정도로 괴롭지는 않습니다."

"늘 씩씩해서 좋구나. 아무튼 너무 염려하지 말고 조금만 더 참도록 해라. 그러다 보면 어느새 눈앞의 문제들은 깨끗이 해결되어 있을 터이니."

"알겠습니다."

"자, 그럼 내일 또 보도록 하자."

돌석은 선생에게 절을 올리고는 밖으로 나왔다. 방에 들어가려다 말고 다시 마당으로 내려와 하늘을 보았다. 밤하늘을 가득 채운 별들이 저마다의 밝기로 빛나고 있었다. 별들은 언제 봐도 아름다웠다. 별들이라고 어찌 괴로운 순간이 없겠는가. 별들의 아름다움은 그 괴로움을 묵묵히 이겨 내고 자신에게 주어진 역할, 곧 세상을 빛내는 일만을 오롯이 수행하는 데서 오는 것이리라.

사람도 마찬가지일 것이다. 오늘의 괴로움은 마음을 한 뼘 더 키울 수 있는 값진 양식일 것이다. 그렇다면 지금의 이 괴로움은 힘들다며 투정 부리고 멀리 쫓아내야 할 존재가 아니라 오히려 두 손 들어 반갑게 맞이해야 할 진귀한 손님 같은 것은 아닐까.

선생의 말대로 참으로 사연 많은 요 며칠이었다. 몇 년 동안 겪을 법한 일들이 며칠 사이에, 그것도 한꺼번에 일어나고 있었다. 그 문제들이 어떻게 해결될지도 불확실했다. 그러나 선생의 가르침대로 방법은 단 한 가지뿐이었다. 견뎌야 한다. 고비를 넘겨야 한다. 굴복하지 않고 끝까지 버텨 낸다면 문제는 자연스럽게 해결될 테고, 지금의 이 괴로움은 다가올 날의 즐거움으로 바뀌겠지. 돌석은 아무도 기다리지 않는 쓸쓸한 방으로 들어가 오가산당에서의 마지막 잠을 청했다.

네
번
째
편
지

　오늘도 어김없이 새날이 밝았다. 돌석의 시선은 지난 사흘과 마찬가지로 사립문에 고정되어 있었다. 선생의 마지막 가르침을 받게 될 행운아는 과연 어떤 사람일까. 첫째 날도 둘째 날도 셋째 날도 아닌 마지막 날에 온다는 것은 방문자가 그만큼 특별한 존재일 뿐만 아니라 선생에게도 큰 의미가 있다는 뜻이리라. 그 사람의 정체에 대해 섣부른 추측은 하지 않기로 했다. 선생의 속내를 짐작하려고 끙끙거리며 애를 써 봤자 헛수고에 그칠 뿐이라는 사실을 며칠간의 경험을 통해 충분히 깨달았기 때문이다. 사립문을 열고 들어오는 그 사람의 모습을 확인한 뒤 선생의 뜻이 그러했구나, 하고 그저 묵묵히 고개를 끄덕거리는 것으로 충분했다.

　"돌석아, 방으로 들어와 보거라."

선생이 방문을 열고 돌석을 불렀다. 돌석은 서둘러 방 안으로 들어가 선생 앞에 무릎을 꿇고 앉았다.

"사립문은 왜 보고 앉아 있는 것이냐?"

"언제 문이 열릴지 도무지 알 수가 없으니 미리 대비를 하려는 것이지요."

"돌석아, 아직은 때가 되지를 않았느니라. 조금 더 기다려야 할 것이다."

선생의 말에 돌석은 마음속으로 입을 쭉 내밀었다. 오늘 올 이에 대해 섣불리 추측하고자 하는 욕망은 버렸다지만 그렇다고 궁금증마저 완전히 사라진 것은 아니었다. 선생의 말대로라면 오늘의 방문자는 지난 이틀보다 훨씬 늦게 올 것이니 아직도 한참을 더 사립문을 지켜보며 속을 끓여야 한다는 이야기가 된다. 오늘 하루도 쉽지 않은 하루가 되리라는 느낌이 선생의 말 한마디로 분명해진 것이다.

방문자 생각으로 머릿속이 가득 찬 돌석에게 선생은 종이 한 장을 내밀었다. 삐뚤빼뚤한 글씨체가 왠지 눈에 익다 싶던 돌석은 그 종이의 실체를 깨닫고는 깜짝 놀라 입을 벌리고 말았다.

"아니, 어떻게 이걸 선생님께서···."

선생이 내민 것은 돌석이 혼자 끼적거린 종이였다.

언젠가 농운정사를 소제하던 중 갑자기 울적한 마음이 들었다. 정사 안에는 제자들이 공부한 흔적들이 날것 그대로 남아 있었다. 경전을 그대로 옮겨 적은 종이들도 보였고, 여백 가득히 설명을 적어 넣은 경전들도 보였다. 벽은 이름난 학자들의 글로 도배가 되어 있다시피 했다. 하루를 공부로 시작해 공부로 마치는 그들의 삶이 돌석의 마음을 어지럽혔다.

돌석은 한숨을 내뱉고는 바닥에 털썩 주저앉아, 빈 종이를 집어 끼적거리기 시작했다. 어렵사리 시작한 공부는 도무지 진전이 없다, 하나를 알면 둘을 깨우치는 게 아니라 또 다른 하나가 길을 막는 격이다, 선생님께 조금이라도 좋으니 가르침을 받을 수 있다면 얼마나 좋을까, 아서라 너의 처지를 생각하면 공부란 헛된 사치에 불과하나니, 돌석아, 네 하는 일에나 최선을 다해라….

아무에게도 털어놓을 수 없는 말을 종이에 적고 나니 마음이 한결 가벼워지는 기분이었다. 돌석은 다 적은 후 제자들이 쓴 종이들 사이에 그것을 끼워서 버렸다. 그런데 버린 그 종이를 어떻게 선생이 지니고 있는 것일까.

"제자들이 쓰고 버린 종이들 틈에 네가 쓴 글이 끼워져 있더구나, 제자들은 모르겠지만 가끔씩 나는 그들이 버린 글들을 눈여겨보곤 한단다. 완성된 글에서는 볼 수 없는 그 사람의 진심이 담겨 있는 경우가 많거든."

돌석은 차오르는 부끄러움에 차마 고개를 들 수 없었다. 괴

발개발 쓴 글씨도 글씨인 데다 되지도 않게 공부에 대한 욕심을 드러낸 것하며, 용두사미 격으로 결국은 신세 한탄으로 끝을 맺은 것하며, 어느 하나 그냥 무심코 넘길 수 없는 내용들이었다. 아무리 너그럽고 인정 많은 선생이라도 요놈 보게, 잘 대해 주었더니 아주 기어오르려고 하는구먼, 하는 괘씸한 마음을 먹지 않기가 어려웠으리라. 돌석은 입술을 감쳐물고는 선생의 처분만을 기다렸다.

"돌석아, 준비는 다 되었느냐?"

"네?"

"가르침을 받을 준비가 다 되었느냐는 말이다."

"네?"

"녀석, 무얼 그리 놀라는 게냐?"

"지금 무슨 말씀을 하시는 것인지…."

"돌석이 네가 나에게 가르침을 청하지 않았느냐?"

"선생님 그럼…."

"그래, 이제 알겠느냐?"

돌석은 더 이상 툇마루에 앉아 방문자를 기다릴 필요가 없다는 사실을 깨달았다. 오늘의 방문자는 바로 돌석 자신이었다. 선생은 우연히 돌석이 쓴 글을 읽은 후 오가산당에서의 마지막 가르침을 베풀 사람으로 그를 정해 놓았던 것이다.

돌석은 자신에게 닥친 현실이 도무지 믿기지 않았다. 선생의 배려는 감사할 따름이지만 그래서는 안 되었다. 선생은 귀한 분이었다. 세상을 위해 할 일이 많은 분이었다. 일개 노비에게 이토록 많은 시간을 쓰도록 해서는 안 되었다. 돌석은 선생에게 죄를 짓는 듯한 기분마저 들었다. 자신의 괜한 짓이 이런 문제를 불러일으킨 것이다.

"선생님, 저 때문에 귀한 시간을 허비하실 필요는 없습니다. 정식으로 보낸 편지도 아닌데…."

"그런 것은 관계없지. 나는 네 글에서 가르침에 목말라하는 자의 음성을 분명히 들었으니까."

"선생님!"

"공부할 기회를 놓칠까 싶어 조급해하고 한 자라도 더 배우기 위해 안달복달하는 게 분명한데, 어찌 선생이 되어 너 같은 녀석을 그냥 내버려 둘 수 있겠느냐."

선생이 그렇게까지 말하는데 돌석이 계속 거절하는 것은 분명 예의에 어긋날 것이다. 돌석은 무릎에 힘을 준 뒤 선생의 가르침에 온 신경을 집중했다.

"청량산에서의 마지막 날이니만큼 오늘은 예전 이야기를 꺼내 볼까 한다. 내가 미욱하다는 것은 며칠 전 이미 밝힌 바가 있으니 더 이상은 말하지 않겠노라. 지금 이야기할 것은 내가 그 미욱함을 어떻게 극복했는지에 관한 것이다."

선생은 오랫동안 가슴속에 간직해 온 옛 시절의 이야기를 돌석에게 들려주기 시작했다. 이를테면 선생의 공부 이력이라고 할 만한 것으로, 돌석으로서는 그 어느 곳에서도 듣지 못한 귀한 회고이자 가르침을 혼자서 듣게 된 셈이다.

선생은 평생을 독학으로 일관했다고 해도 과언이 아니었다. 여섯 살 때 이웃집 노인에게 《천자문》을 배우기는 했으나 그것은 제대로 된 사제 관계라 말하기엔 좀 부족한 것이었다. 그러니 선생이 스승에게 글을 배운 것은 숙부인 송재 이우에게서가 유일하다고 보는 게 맞았다.

송재는 조선 개국 이래 진성 이씨 가문이 배출한 최초의 과거 급제자였다. 그런 의미에서 그는 진성 이씨를 오늘날과 같은 명가로 만들어 낸 가문의 중흥조라 할 수 있다. 그런 송재이니 일찍이 아버지를 여읜 조카들의 공부에 유난히 관심이 많은 것은 너무도 당연했다. 혼자서 체계 없이 이것저것 공부하던 선생은 열두 살이 되던 해 비로소 송재에게 《논어》를 배우기 시작했다.

그런데 선생은 하나를 가르쳐 주면 둘을 깨우치는 사람은 아니었다. 선생의 재능이 그다지 뛰어나지 않음을 알아챈 송재는 방법을 바꾸어 엄하게 선생을 다그쳤다. 선생은 그리 영민하지는 않으나 끈기 하나만은 가문에서 최고를 다툴 수 있는 사람이었다. 한 권을 마치면 한 권을 다 외우고, 두 권을 마치면 두 권을 다 외워 버렸다. 그렇게 서너 권을 외우고 나니 머릿속 안개가 걷히고 비로소 배운 것이 명확하게 이해되었다.

"그 뒤로 송재 선생은 그저 내게 《논어》를 읽게 하셨을 뿐 다른 말씀은 한 마디도 하지 않으셨네. 하지만 나는 선생에게서 귀한 가르침을 얻었지. 그것은 바로 '한 가지 가르침을 끝까지 추구하라'는 것일세."

선생은 평생 송재에게서 배운 공부 방법을 버리지 않았다. 스무 살 되던 해 선생은 《주역》 공부에 몰두했다. 선생에게 《주역》은 단순히 점을 치는 책이 아니라 천지와 조화를 이루며 살 수 있는 방법을 알려 주는 책이었다. 인생의 온갖 비의가 숨겨져 있다는 《주역》에 어찌나 철두철미하게 몰두했는지 선생은 병까지 얻고 말았다. 몸이 마르고 쇠약해지는 병으로, 이후 일생 동안 선생을 괴롭혀 온 수십 가지 병의 시작이었다. 몸을 내주고 학문을 얻은 격이니, 참으로 선생다웠다. 선생은 그즈음에 지었다는 시를 읊으며 공부에 매진했던 그리운 시절을 추억했다.

숲속 초당에서 만 권의 책을 혼자 즐기면서도
일상의 평범한 마음으로 보내기를 십 년이 넘었네.
이즈음에야 어렴풋이 근원과의 만남이 있어
내 마음 모아잡고 태허를 본다.

십년공부 끝에 비로소 근원과 만날 수 있었다는 것인데 그것도 확실한 만남이 아니라 어렴풋한 만남이었다는 것이다. 공부의 어려움을 능히 짐작할 수 있는 그 대목에서 돌석은 주먹을 쥔 손에 힘을 주고 고개를 끄덕거렸다.

선생의 회고는 《주자전서》를 처음 구해 읽던 시절로 이어졌다. 스물세 살 되던 해 서울에서 《주자전서》 한 질을 구한 선생은 그날로 문을 닫아걸고 책을 읽기 시작했다. 가만히 앉아 있어도 등줄기에 땀이 흐르는 무더운 여름이었지만 선생은 아예 방 밖으로 나올 생각도 하지 않았다. 지나친 공부로 또다시 몸이 상할까 싶어 지인 한 명이 선생을 만류했다. 선생은 그에게 했던 말을 돌석에게 그대로 반복했다.

"이 글을 읽으면 가슴에 시원한 기운이 생겨 저절로 더위를 모르게 되는데 어찌 병이 생기겠습니까?"

무서운 집중과 인내, 그것이 선생의 공부법이자 피서법이었던 것이다. 선생은 삽살개가 뼈다귀를 뜯듯 《주자전서》를 끈질기게 물고 늘어졌다. 어찌나 반복해서 열심히 읽었는지 표지가 너덜너덜해지고, 흙처럼 검던 글자들이 선생 손의 온기에 시달린 나머지 원래 색을 잃고 희미해질 정도가 되었다.

그러나 선생의 《주자전서》 공부는 그것으로 끝나지 않았다. 선생은 이후 새 판본을 얻을 때마다 그 같은 과정을 집요할 정도로 반복했다. 덕분에 새 판본의 잘못된 글자를 찾아내는 일은 으레 선생의 몫이 되었다.

가만히 이야기를 듣고 있던 돌석이 질문을 던졌다.

"선생님, 이미 다 아는 내용을 그토록 반복해서 읽으신 이유는 무엇입니까?"

"글쎄, 그 책에 나오는 문장은 다 안다고 할 수도 있겠지. 그러나 진정으로 안다고 하는 것은 문장의 의미를 아는 걸 넘어서 내 일상 자체가 배운 대로 행해질 때 가능한 것이야. 그런 면에서 볼 때 나는 아직도 그 책을 다 안다고 할 수는 없느니라."

결국 오늘날의 선생을 만든 것은 재능이 아니라 끝없이 공부에 매진하는 미련함과 끈기였다. 돌석은 붓을 들어 '미련함으로 장애를 돌파하라.'고 적었다. 선생의 지난 시절에 대한 회고를 듣고 돌석의 가슴속에서 불현듯 떠오른 구절이었다. 한동안 침묵을 지키던 선생이 돌석에게 새로운 질문을 던졌다.

"돌석아, 공부하는 데 있어, 아니 살아가는 데 있어 가장 어려운 일이 무엇인지 아느냐?"

돌석은 곰곰 생각했으나 자신의 생각을 입 밖에 내지는 않았다. 어차피 돌석의 대답을 기대하고 한 질문이 아니라는 사실을 알기 때문이다.

"마음을 한결같이 지니는 일이 가장 어려운 일이니라. 경을 강조하는 사람으로서 이렇게 말하는 것이 부끄럽지만, 나는 심지어 한 발짝 걷는 동안에도 한결같은 마음을 지니지 못한 적도 많았다. 한 발짝 걷는 그 짧은 순간에도 온갖 잡스러운 것이 쉼 없이 떠오르는 바람에, 애초에 무엇 때문에 걷기 시작했는지도 잊어버릴 정도였으니 말이다."

선생의 말에 돌석은 크게 공감했다. 마음을 한결같이 지니는 것이라, 선생의 말대로 그것은 결코 쉬운 일이 아니었다.

마음은 간사하기 그지없는 존재였다. 아침 다르고 저녁 다른 것은 기본이고, 찰나의 짧은 시간에도 수십 번씩 이리저리 흔들리기 일쑤였다. 그제 최난희와 주고받은 대화 때문에 돌석의 마음이 갈대처럼 줏대 없이 흔들린 것이 좋은 예다.

그러나 선생 또한 마음 때문에 괴로움을 겪는다는 것은 여태 몰랐던 사실이다. 돌석 같은 범인이야 그렇다 쳐도 오랫동안 공부에 매진한 선생이 어찌 그럴 수가 있단 말인가.

"내 마음속에서도 수레를 뒤엎듯 마음이 격하게 흔들리는 일이 수도 없이 일어난단다. 이른 아침에 일어나 야기夜氣가 충분할 때는 마음을 온전히 다잡았다가도, 저녁이 되어 지친 몸이 미처 정신을 따라가지 못하거나, 반가운 손님과 상대하느라 술이라도 한 잔 걸치고 나면 마음은 여지없이 흔들려 버린단다. 한결같은 마음을 지니기란 성인이 아니고서는 실로 이루기 어려운 과업인 게지."

"그러면 어떻게 해야 합니까?"

"무슨 방법이 있겠느냐? 그저 죽는 날까지 쉬지 않고 계속하다 죽는 순간에야 그 짐을 내려놓을 수밖에. 나처럼 고루병폐한 사람이 오늘날 여기까지 이르러 제자들을 가르친다고 나선 것도 다 그 덕분이다. 앞서 연비어약에 대해 말한 적이 있지? 연비어약은 실은 공부를 하되 미리 기대하지도 말고, 잊지도 말며, 억지로 하지도 말라는 것과 같은 뜻이니라. 솔개와 물고기를 보아라. 그들은 욕심도 부리지 않고 저에게 주어진 역할을 평생에 걸쳐 자연스럽게 해내지 않더냐?

공부는 그렇듯 일상에서 쉼 없이 이루어지는 것이다. 그럴 때만이 하늘의 뜻을 제대로 수행할 수 있는 것이지. 또 한 가지, 특히 돌석이 너를 생각해 말하자면 이 말이 꽤 쓸모 있을 것이다. 한 가지 일을 할 때는 그 일에 전념하여 다른 일이 있음을 알지 못하도록 하거라. 내가 매일같이 너에게 잔소리를 해 댄 것도 다 너를 위해서였음을 알고 너그럽게 받아들여 주기 바란다."

선생의 입에서 잔소리라는 말이 나오는 바람에 돌석은 슬며시 웃음을 지었다. 그러나 선생의 말은 그저 습관적인 잔소리가 아니었다. 선생이 평생에 걸쳐 깨달은 심오한 진리가 내재되어 있는 잔소리였다. 죽는 날까지 쉬지 않고 해야 하는 것, 제대로 공부해 무엇을 이루기란 청량산 자소봉을 수천 번

오르내리는 것보다 훨씬 더 어렵다는 것을 다시 한번 확인하는 순간이었다.

이야기를 마친 선생은 물로 목을 축였다. 그러더니 돌석에
게 술을 가져오라고 일렀다. 사람들과 어울려 가끔씩 마시곤
하던 선생이지만 혼자 술을 마시는 경우는 여태껏 본 적이 없
었다. 그러나 청량산에서의 마지막 날이었다. 선생의 나이가
나이인 만큼 이번에 내려가면 청량산은 이제 두 발로 걸어서
도달할 수 있는 곳이 아닌, 선생의 머릿속에만 존재하는 무릉
도원이 될 터였다. 생의 중요한 순간순간을 함께해 왔던 청량
산과 선생의 육신이 영원히 이별하는 순간이니 술 한 잔이 없
어서는 안 되리라.

돌석은 술잔에 조심스럽게 술을 따른 뒤 선생에게 올렸다.
그런데 선생이 술잔을 하나 더 가져오라고 이르는 게 아닌가.
돌석은 다시 술잔을 가져와 선생 앞에 놓았다. 선생이 술병을

들더니 돌석에게 술잔을 들라고 일렀다.

"아닙니다. 저는 괜찮습니다."

"돌석아, 선생이 제자에게 주는 술잔이니라."

"네?"

"내게 가르침을 받았으니 오늘부터 너 또한 나의 제자 아니겠느냐?"

혹시나 하는 마음이 아주 없지는 않았지만 막상 선생의 입에서 제자라는 말이 나오는 것을 들으니 가슴속이 눈물바다가 되었다. 돌석은 간신히 눈물을 참고는 선생이 건네는 술잔을 받았다. 선생은 돌석이 따른 술을 단숨에 비웠다.

"속수지례束脩之禮는 네가 따른 술로 대신하도록 하마."

속수지례란 제자가 스승을 처음 만날 때 작은 선물을 바치는 예를 말한다. 속수란 열 조각의 마른 고기란 뜻으로 어디서나 구할 수 있는 하찮은 물건이다. 그러므로 속수지례는 제자가 바치는 물건의 값어치가 아니라 그 정성을 보는 예식인 셈이다. 오늘은 선생의 말 한 마디 한 마디가 돌석의 마음을 계속 흔들어 놓고 있었다. 그래도 꾹꾹 잘 참고 있던 돌석은 끝내 선생의 다음 말을 듣고는 울음을 터뜨리고야 말았다.

"돌석아, 이제 너에게 새 이름을 주려고 한다. 돌석이라는 이름이 아무래도 그다지 좋은 이름 같지는 않으니 말이다."

"선생님, 천한 신분에는 돌석이라는 이름이 아주 그만입니다. 부르기도 좋고, 친근하기도 하고."

"새 이름이 필요 없다는 것이냐?"

"그건 아니고요. 이왕 주시려면 좋은 이름으로 주십시오."

"앞으로는 네 이름을 '유정幽貞'이라 해라."

"유정이라면 서당의 사립문 이름 아닙니까?"

"그렇지. 그만큼 내가 아끼는 이름이지. 그런데 너는 유정의 의미가 무엇인지 알고 있느냐?"

"잘 모릅니다."

"그 의미도 모르고 매일같이 드나들었다는 것이로구나."

"죄송합니다."

"아니다, 죄송할 것은 없지. 지금껏 몰랐다면 이제 듣고 그 의미를 머릿속에 새겨 놓으면 될 터이니. 유정은 유인정길幽人貞吉에서 취한 것으로 원래는 《주역》 이괘의 효사에 나오는 구절이니라."

"유인이라 하면 숨어 사는 은자를 말하는 것 아닙니까?"

"그렇지. 유인정길이란, 유인은 바르고 길하리라는 의미인 게지."

선생의 설명을 듣고도 돌석은 선뜻 이해가 가지를 않았다. 도산서당에 유정문이란 이름이 붙은 것은 그야말로 안성맞춤이었다. 선생의 삶은 은자의 삶은 아니었으나 은자를 지향하는 삶이었다. 불교에 비유하는 것을 알면 선생은 싫어하겠지만 사람들이 사는 동네에 절간을 만들어 놓고 그 안에서 도를 닦으며 사는 게 바로 선생의 삶이라 해도 과언이 아니었다. 도를 닦되 세상에서 결코 떨어져 있지는 않은, 그렇다면 선생은 돌석도 자신처럼 세상 속의 은자로 살기를 원하는 것일까.

"유인이란 자기 자신에게 충실해 세상의 유혹에 머리를 기웃거리지 않는 사람을 이르느니라. 그러니 사욕을 절제할 수 있을 뿐 아니라 천명을 따르는 지난한 길을 잠시도 쉬지 않고 제 발로 뚜벅뚜벅 걸어갈 수 있는 게지."

유정이라는 이름에 그토록 깊은 뜻이 있는 줄은 오늘에야 처음으로 알았다. 돌석은 선생에게 새로 받은 이름이 과분하기는 하지만 마음에 쏙 들었다. 입을 열어 조심스럽게 유정이란 이름을 발음해 보았다. 그와 동시에 참았던 눈물이 쏟아져 버렸다. 선생은 돌석을 말리지 않았다. 선생은 제 슬픔과 감동을 마음껏 드러내는 돌석을 보며 말없이 술잔을 비울 뿐이었다.

잠시 후 돌석이 평상심을 되찾았다. 돌석은 선생에게 새 이름을 지어 준 것에 대해 정말 고맙다 말하고는 거듭 고개를 숙여 보였다.

"너에게 합당한 이름을 지어 준 것뿐이니 그토록 고마워할 필요는 없느니라."

"그래도….."

"녀석, 그런 네 모습이 참으로 좋구나. 노파심에서 잔소리 하나만 더하겠다. '사람들이 알아주지 않아도 노여워하지 않으니 또한 군자가 아니겠는가.' 이 구절을 네가 꼭 기억해 주었으면 한다. 앞으로 살다 보면 사람들의 냉대와 무관심이 너무나 서운하게 여겨질 때가 수도 없이 닥쳐올 것이니라. 그럴 때마다 이 구절을 마음속에서 꺼내 네 삶의 지침으로 삼도록 해라."

"알겠습니다."

"돌석이 네가 천연대에서 우는 모습을 여러 번 보았다. 세상이 너를 알아주지 않으니 정말 섭섭하고 힘들었겠지. 하지만 너의 존재는 너 스스로 만들어 나가는 것이란다. 천지 만물과 물아일체가 되어 살아가도록 노력한다면 사람들 틈에서 더 이상 섭섭함을 느낄 겨를도 없을 게다. 돌석이 너, 노래는 제법 잘 부르더구나."

천연대에서 노래하고 때로는 울던 모습들을 선생이 지켜보고 있었다고 생각하니 돌석은 부끄러워 몸 둘 바를 몰랐다. 선생의 말대로 천지 만물과 물아일체가 되려면 뼈를 깎는 노력을 아끼지 말아야 할 터였다.

"자, 이것으로 내가 계획한 일들을 모두 마쳤구나. 그럼 이제 오가산당을 떠나도록 해라."

"지금 떠나시게요?"

"내가 떠나는 것이 아니라 네가 떠나는 것이니라."

"선생님을 두고 제가 왜 오가산당을 떠납니까?"

"지금 이 순간부터 너는 더 이상 진성 이씨 가문의 노비가 아니니라."

"네?"

선생이 돌석에게 문서 한 장을 내밀었다. 돌석이 자유민이 되었음을 입증하는 문서였다.

"너는 면천이 되었다. 이제부터 너는 자유로운 양민이 되었으니 네가 원하는 곳으로 가거라."

면천이라, 그 얼마나 듣고 싶던 말인가! 하지만 어찌된 일인지 지금 돌석의 마음은 조금도 기쁘지 않았다. 이제 막 새이름을 받고 선생의 제자로 인정받은 순간이다. 그러나 제자의 도리로 선생을 모시기는커녕 깊은 산중에 홀로 두고 떠난다는 것은 도무지 말이 되지 않았다.

"그렇게는 못합니다. 제가 어찌 선생님을 홀로 두고 떠나겠습니까."

"나 혼자 머무는 것은 아니니까 너무 염려하지 마라."

"네?"

"이 진사가 돌아올 것이니라."

선생은 이함형이 돌아오리라 확신하고 있었다. 다른 이가 아니라 그라면 돌석도 안심하고 떠날 수 있을 터였다. 그러나 돌석은 아직도 이해되지 않는 것이 있었다.

"면천시켜 주신 것은 큰 은혜로 생각합니다만 제가 꼭 떠나야 하는지는 잘 모르겠습니다. 여태껏 선생님을 떠난 삶은 생각해 본 적이 없습니다. 제가 곁에서 모시면 안 되겠습니까?"

돌석의 질문에 선생은 웃으며 대답했다.

"네 말에 조금의 거짓도 없는 것이냐?"

"물론 가끔씩은 자유로운 신분이 되어 이곳저곳을 누비는 삶을 꿈꾸었습니다. 그렇기는 해도⋯."

"돌석아, 내 몸은 내가 아느니라. 요즈음 들어 내 몸이 조금씩 신호를 보내고 있다. 아마도 나는 올해를 넘기지 못할 듯싶다."

"선생님!"

"영원히 살 수 있는 사람은 없는 법이지."

돌석은 곧 선생의 대답에 담긴 의미를 알아들었다. 선생이 죽고 난 뒤 어떤 일이 벌어질지는 단정 지어 말할 수 없었다. 노비는 재산이나 마찬가지기 때문에, 최악의 경우 선생의 맏아들 준이 선생이 병중에 하신 말씀은 무효라며 돌석의 면천 자체를 걸고넘어질 가능성도 있었다. 선생은 그런 점까지 모두 계산해 자신이 살아 있을 때 돌석을 떠나보내려 하는 것이었다.

"선생님!"

"내 마음이 바뀌기 전에 어서 가거라."

"선생님, 한 가지만 더 여쭤보고 싶습니다. 어찌하여 저에게 이런 과분한 은혜를 베푸시는 것입니까?"

"이는 너 스스로의 힘으로 얻은 것일 뿐. 너는 신분은 노비일지라도 공부에 대한 열의만큼은 서당에 머무는 그 어떤 이에게도 뒤지지 않았다. 네 마음 씀씀이도 그만하면 군자에 가깝다고 할 수 있다."

"고마운 말씀입니다만 왠지 그것만으로는 다 설명이 되지 않는 듯합니다."

"또 다른 이유를 꼭 알아야만 하겠느냐?"

"네."

"알겠다. 네가 모두 아는 것이 어쩌면 앞으로의 네 삶에도 도움이 될 듯싶구나. 그러자면 어쩔 수 없이 옛일을 들춰내야 하겠지. 돌석아, 내가 너를 어떻게 내 곁에 두게 되었는지 알고 있느냐?"

"제 부모가 두창으로 죽는 바람에 그렇게 된 것으로만 알고 있습니다."

"네 부모의 생사는 나도 알 수 없다."

"그게 무슨 말씀이십니까?"

"네 부모가 편지를 남겼더구나. 더 이상 주인의 폭압을 견디기 힘들어 도망을 가는데 힘든 나날을 보내야 할 터이니 아이는 도저히 데려갈 수가 없어서 두고 간다고."

처음으로 밝혀지는 진실에 돌석은 말없이 입술만 깨물었다. 그러니까 돌석의 부모는 두창으로 죽은 게 아니라 폭압적인 주인을 떠나 도망간 것이었다. 사실 노비를 개, 돼지보다 못하게 여기는 주인은 그리 드물지 않았다. 그들이 퍼붓는 폭력과 위협이란 상상을 초월했다.

결국 돌석의 부모는 잡히면 목숨을 잃을 수 있는데도 도망치는 길을 택했다. 그런데 아이까지 데리고 도망 다닐 수 없으므로 어린 돌석은 선생의 집 앞에 놓고 간 것이다. 사람의 목숨을 끔찍이 중요하게 여기는 선생이 제발 자기 자식을 거둬 주기만을 바라면서 말이다. 부모의 심정이 이해가 안 되는 것은 아니지만 그래도 돌석은 밀려오는 서운함을 완전히 떨쳐 낼 수는 없었다. 어찌 되었건 그는 부모에게서 버림받은 셈이었다.

"인연이 닿으려고 그랬는지 너를 처음 발견한 사람이 바로 나다. 이른 아침에 일어나 강변을 걸으려고 나섰는데 문 앞에 바로 네가 있더구나. 너는 울지도 않고 나를 빤히 보고 있었다. 그때 그 모습이 지금도 아주 생생하게 떠오르는구나. 나는 너를 보며 내 처지를 돌아보게 되었다. 나는 태어난 지 7개월 만에 아버지를 잃었으니, 유복자나 마찬가지였지. 그런 내게 아비, 어미에게 버려진 아이라니. 내겐 가족이라도 있었는데 아무것도 가지지 못한 아이라니. 모질지 못한 성격 탓에 나는 내게 맡겨진 목숨을 차마 모른 척하지는 못하겠더구나. 그래서 너를 우리 집 종으로 들인 후 오늘날까지 머물게 한 것이다."

선생의 말은 충격적이었지만 선생이 돌석에게 호의를 베푸는 이유는 아직 온전히 설명하지 못했다. 잠시 침묵하던 선생이 말을 이었다.

"그래, 그것만으로는 충분한 설명이 안 되겠지. 그걸 설명하기 위해서는 아픈 기억을 또 하나 끄집어내야겠구나. 내 아들 채에 대해서는 너도 들어서 잘 알고 있겠지? 네가 자라는 걸 보자니 자꾸만 그 아이 생각이 나더구나. 채도 너와 비슷한 점이 참 많았다. 늘 자기보다는 남을 먼저 생각하고, 공부에도 열심이고, 힘든 일을 시켜도 군소리 없이 따르곤 하는 모든 것이. 마지막 가는 순간까지도 이 아비를 염려했다고 하니…."

그 대목에서 선생은 잠시 말을 멈추었다. 여태껏 채에 대한 슬픔을 드러내 놓고 표현한 적이 없는 선생이었다. 하지만 선생의 그런 모습을 통해 돌석은 채에 대한 사랑을 느낄 수 있었다. 선생이 모든 이들의 스승이기 전에 한 아이의 아버지라는 사실이 새삼 가슴에 사무치게 다가왔다.

"채를 잃었을 때를 생각하면 아직도 가슴이 아파 온다. 그때 나는 이런 편지를 썼다 찢은 적이 있다. '이 원통함을 어찌다 말로 할 수 있겠는가. 다만 죽기만을 기다릴 뿐이다.' 제자를 대함에 있어 사심을 가지면 안 되지만 나는 끝내 너를 보며 채를 생각하는 병통을 완전히 떨치지는 못했다. 이 점에 대해서도 너에게 용서를 구해야겠지."

"선생님, 그런 말씀 마십시오."

"그래, 지난 이야기는 이제 그만하도록 하자. 사실 지금 말한 이유들은 다 잊어도 되는 것들이다. 너를 구한 것은 오직 한 가지, 다름 아닌 네 공부에 대한 열정이니라. 앞서 나는 스스로를 고루 병폐한 사람이라 한 바 있다. 그뿐만이 아니다. 집안사람들에게 나는 어리석고 평범한 사람이며, 임금에게 나는 우둔하여 헛되이 이름만 떨친 사람이다. 그럼에도 내가 부족한 능력으로 오늘에 이른 건 오직 공부에서 손을 놓지 않았기 때문이니라. 다른 것은 다 잊어도 좋으나 이것 하나는 죽는 날까지 잊지 말거라."

"알겠습니다."

"돌석아, 아니 유정아. 부디 네 이름에 담긴 뜻을 잊지 말고 살아가도록 해라."

선생은 서안을 뒤져 자신이 읽던 《심경》을 돌석에게 건넸다.

"매일 아침 일어나면 의관을 정제하고《심경》을 읽도록 해라. 내가 할 말은 이 책 안에 다 있느니라."

돌석은 선생의 손때가 묻은《심경》을 두 손으로 받고, 선생에게 마지막 절을 올렸다. 스승에게 올리는 처음이자 마지막절이었다. 돌석이 일어서자 선생은 고비에서 편지를 꺼내 들었다. 돌석은 나가려다 말고 걸음을 멈추었다.

"선생님, 한 가지만 여쭤보겠습니다. 이곳에 오신 첫날부터지금까지 내내 그 편지를 읽으시던데 도대체 무슨 내용의 편지입니까?"

"아, 이것. 고봉 기대승이 내게 보낸 편지니라. 사단칠정설에 대해 자신의 의견을 밝힌 것인데 아무리 생각해도 고봉의결론이 내 것보다 나은 것 같더라. 그래서 이번 기회에 꼼꼼히 읽고 최종적인 답변을 해 주려는 참이다."

기대승과의 논쟁은 돌석도 알고 있을 정도로 유명한 것이었다. 선생보다 스물여섯 살이나 어린 젊은 유학자 기대승은편지를 보내 선생의 사단칠정설 이해에 오류가 있다고 당차게 지적하고 나섰다. 학문적 논쟁에 대해서는 언제나 거절할줄 모르는 선생은 자신의 생각을 다시 꼼꼼하게 정리해서 보냈고, 선생의 답변에 대해 기대승이 다시 이의를 제기하면서논쟁은 본격적으로 전개되었다.

그렇게 시작된 논쟁은 무려 칠 년을 끌었다고 했다. 조선 선비들 모두 관심을 가지고 지켜본 유명한 논쟁이었다. 아무튼 그 문제는 이미 오래전에 일단락된 것으로 알고 있었는데 선생은 여태껏 그것을 마음에 두고 있다가 마침내 기대승의 결론이 자신의 것보다 낫다고 판단한 것이다. 웬만한 사람이라면 이제는 그저 가슴속에 묻어 두었을 낡고 미미한 사안이 겠지만 선생의 공부에서 대충대충은 없었다.

이토록 훌륭한 선생을 오랫동안 곁에서 수발했다는 사실이 돌석에게 새삼 의미 있게 다가왔다. 선생은 스승 중의 스승이었고, 공부란 무엇인가를 보여 주는 살아 숨 쉬는 본보기였다. 또한 글을 가르치는 스승이 아니라 인생을 가르치는 스승이기도 했다. 돌석이 방문을 닫고 나서자 나직한 노랫소리가 들렸다. 돌석은 한참을 떠나지 못하고 선생의 노랫소리에 귀를 기울였다.

산놀이에서 무엇을 얻었는가.
농부와 같이 추수가 있다네.
돌아와 서실에 앉아
고요히 향 연기를 바라보니
오히려 나도 산사람인 듯
속세 근심이 없어지네.

돌석은 어디로 갈 것인가에 대해 그리 오래 고민할 필요가 없었다. 오가산당을 나오는 순간 가장 먼저 떠오른 것이 바로 최 의원의 얼굴이었다. 최 의원이라면 돌석을 차별하는 일 없이 온 힘을 다해 자신의 의술을 전수해 줄 것 같았다. 최 의원과 함께 최난희의 얼굴도 떠올랐지만 돌석은 애써 그녀의 얼굴을 지워 버렸다. 지금은 선생의 말대로 유정이라는 새 이름에 담긴 깊은 의미를 새길 때였다.

하루하루 날이 가는 것을 아까워하며 열심히 공부하며 살아야 할 때였다. 물론 자신이 최 의원의 제자로 들어간다는 소식을 듣는 순간 최난희가 어떤 표정을 지을지가 정말 궁금하기는 했다. 그래, 그 얼굴은 놓치지 않고 꼭 봐야지.

돌석은 청량산을 내려가기 전 선생에게 받은 마지막 가르침을 정리하기로 했다. 선생에게서 느낀 감동이 생생하게 살아 있는 동안 그 가르침을 한 번이라도 더 되새기고 싶었기 때문이다.

공부의 핵심은 무엇인가

미련함으로 장애를 돌파하라_ 재능 있는 사람이 아니라 미련한 사람이 제대로 된 결실을 맺는 법이다. 선생은 고루 병폐인임에도 공부에 몰두함으로써 오늘날의 선생이 되었다. 재능이 아닌 미련함과 끈기로 공부를 해라.

공부는 일상에서 쉼 없이 이루어지는 것이다_ 연비어약은 실은 공부를 하되 미리 기대하지도 말고, 잊지도 말며, 억지로 하지도 말라는 것과 같은 뜻이다. 어디서나 볼 수 있는 솔개와 물고기가 공부의 본보기다. 그들은 욕심도 부리지 않고 쉬지 않고 날고 뜀으로써 저에게 주어진 역할을 평생에 걸쳐 자연스럽게 해낸다. 공부는 그렇듯 일상에서 잠시도 쉼 없이 이루어지는 것이다.

사람들이 알아주지 않아도 노여워하지 않는다_ 배운다는 것은 자기에게 있는 것이고, 알아주지 않는 것은 남에게 있는 것이다.

그러니 자신에게 충실하다면 화를 낼 이유가 없다. 화를 낼 동안 서안 앞에 앉아 한 자라도 더 공부를 하는 것이 옳다.

　마지막 가르침을 적는 순간에야 돌석은 선생이 왜 이함형이 아닌 자신에게 가르침을 정리하라고 했는지 그 까닭을 비로소 깨달았다. 선생은 처음부터 돌석을 자신의 곁에서 떠나보낼 생각이었던 것이다. 청량산행의 목적은 배순도, 최난희도, 이함형도 아닌 돌석에게 있었던 것이고, 선생은 떠나는 돌석에게 자신이 곁에 없어도 항상 꺼내 보고, 참조할 수 있는 공부 지침을 기록으로 남기기를 원했던 것이다. 뒤늦게야 선생의 깊은 뜻을 알아차린 돌석은 오가산당이 있는 쪽을 향해 다시 한번 절을 올렸다.

　"돌석아, 왜 허공에다 절을 하는 게냐?"

　이함형의 목소리였다. 선생의 말대로 그가 돌아온 것이다.

　"아니 어떻게 벌써 돌아오셨습니까?"

　"선생님께서 주신 편지를 집 앞에서 읽는데, 눈물을 감추지 못하겠더구나. 눈물이 흐르는 그 얼굴 그대로 아내에게 가 내 잘못을 고백하고 용서를 구했다. 처음에는 아내가 의아해하며 도리어 경계의 눈빛을 띠기까지 했지. 그래서 선생님께서 주신 편지를 보여 주었단다. 아내는 편지를 읽는 내내 눈물을 흘리더니 다 읽고 난 뒤 내 손을 꼭 잡더구나. 우리 부부는 그렇게 한참을 울었다. 어느 정도 진정이 되자 아내는 당장 선생님께 돌아가라고 하더구나. 이렇게 훌륭하신 분 곁을 잠시 잠깐이라도 떠나서는 안 된다면서 말이야."

"그것으로 문제는 다 해결이 된 것인가요?"

"그런 것 같다. 아내는 이제 지난 일은 가슴속 깊이 묻어 둘 테니 나더러도 다른 생각 말고 공부에만 매진하라 하더구나. 도무지 해결되지 않을 것 같던 최고의 난제가 선생의 편지 한 통으로 깨끗하게 해결된 것이지."

선생은 도대체 어떤 내용을 썼기에 굳을 대로 굳었던 부인의 마음을 풀어놓을 수 있었을까. 돌석의 그 의문은 곧 풀렸다. 이함형이 돌석에게 선생이 쓴 편지를 보여 주었기 때문이다.

들으니 그대 부부가 화합하지 못한다고 하는데 무슨 이유로 그리 불행한 일이 일어났는지 나는 잘 알지는 못하네. 선생으로서 한마디 하자면 그에 대한 내 생각은 이렇다네. 여자의 성품이 좋지 못해 스스로 소박을 자초하는 경우를 제외하고는 남편의 잘못일 가능성이 크네. 남편이 항상 자신을 반성하고 잘 보살펴 주면 부부의 도리를 잃고 가정이

파괴되는 끔찍한 지경에는 이르지 않는 법이란 말일세. 여자는 한 번 시집가면 오직 남편만을 의지하고 살아야 한다네. 그런데 어찌 정과 의리가 맞지 않는다고 길 가는 사람처럼 대할 수 있겠는가. 《대학》에서 이르기를 '자기에게 잘못이 없는 연후에 남의 잘못을 나무란다.'고 하였네.

내가 겪은 결혼 생활을 예로 들어 보겠네. 부끄럽지만 나는 결혼 생활을 그리 잘 꾸리지 못했다네. 장가를 두 번 갔으나 아내와 마음이 맞지 않은 탓에 한결같이 불행했네. 그래도 그저 애써 잘 지내려고 노력하며 살아온 것이 십수 년, 그사이 더러 마음이 흔들리고 번민과 고뇌로 견디기 어려운 때도 없지는 않았네. 그러나 그렇다고 어찌 인정을 돌릴 수 있겠는가. 어찌 내 마음대로 인간의 도리를 소홀히 하여 홀로 계시는 어머니로 하여금 근심하도록 하겠는가.

후한의 질운이라는 사람이 '아내와 부부의 도리를 어겨 자식에게 인정받지 못하는 자는 실로 진리를 어지럽히는 사특한 자이다.'라고 말하였네. 자네는 마땅히 거듭 깊이 생각하여 고치도록 하게. 그럼에도 끝내 고치는 바가 없다면 공부를 해서 무엇하며, 실천한다 한들 무슨 의미가 있겠는가! 부디 이 늙은이의 고언에 귀를 기울여 주게나.

편지를 읽는 순간 이함형의 가슴이 그야말로 바늘에 찔린 것처럼 뜨끔하였으리라. 편지 속에서의 선생은 다른 남편과 다르지 않았다. 모자란 아내를 얻는 데는 주저하지 않았으나 자신이 내린 그 결정에 대해 후회 또한 많이 했을 남편의 모습이 여과 없이 담겨 있었다. 이는 선생이 평생 밝힌 적이 없던 부분이었다. 그러니 선생은 자기의 허물까지 부끄럼 없이 드러내며 제자를 설득하고 있는 것이었다.

선생은 어떤 어려움이 있더라도 부인을 아껴야 하며 그것을 이루지 못한다는 것은 공부할 가치가 없다는 것과 같다고까지 말하고 있었다. 제자를 위해 모든 것을 다 바치는 선생의 모습이 다시 한번 돌석의 마음을 뒤흔들었다. 큰 스승으로서의 진면목이 제대로 드러나는 장면이 아닐 수 없었다. 위신 같은 것은 선생에게 설 자리도 없는 물건이었다. 다 읽은 돌석이 눈물을 글썽이며 편지를 건넸고, 두 사람은 말없이 한참을 앉아 있었다. 마침내 돌석이 먼저 일어서자 이함형이 어디로 갈 것인지를 물어왔다.

"그래, 갈 곳은 정했느냐?"

"제가 떠나는 것을 어떻게 아셨습니까?"

"돌아오는 동안 곰곰 생각했지. 이번 산행에서 선생님께서 진정으로 뜻한 바가 무엇일까 하고. 결론은 하나밖에 없더구나. 돌석이 너를 면천시켜 세상으로 보내는 것. 내 말이 틀렸느냐?"

"맞고도 틀립니다."

"대체 무슨 소리냐?"

"면천시켜 주신 것은 맞습니다만 제 이름은 더 이상 돌석이 아닙니다."

"그럼 무엇이냐?"

"유정입니다."

"유정이라, 좋은 이름이로다. 선생님께서 내게 주신 호보다 훨씬 좋은걸."

"진사님께는 어떤 호를 주셨습니까?"

"산천!"

"좋습니다. 청량산에 오신 데는 다 이유가 있으시군요."

"예끼 이 녀석, 나를 놀리는 게냐?"

"아닙니다."

"아무튼 어느 곳에 가더라도 선생님께 했던 대로만 하거라. 그런 자세로 살아간다면 너는 분명 큰 결실을 맺을 것이다."

"고맙습니다. 그런데 멀리는 안 가렵니다. 의술을 배울 생각이니 최 의원 댁에 가서…."

"녀석, 네 눈빛이 이상하다 했더니 결국 최 의원 댁 따님을 마음에 두고 있었던 게로구나."

"진사님, 무슨 그런 이상한 소리를 하십니까? 최 의원에게 의술을 배우려는 것뿐입니다."

"네 녀석의 엉큼한 속내를 내 모를 줄 아느냐?"

"실없는 소리 그만하시고 어서 가 보십시오. 선생님께서 기다리시겠습니다."

"알겠다. 헤어지기 전에 너에게 줄 것이 있다."

이함형은 갑자기 봇짐을 풀어 책 몇 권을 꺼냈다. 그것은 바로 《논어》였다.

"내가 읽던 책이니라. 내가 느끼고 생각한 바를 적어 두었으니 곁에 두고 읽으면 그럭저럭 도움이 될 것이다."

"제겐 그 무엇보다 값진 선물입니다. 고맙습니다."

"고맙기는 사형으로서 당연한 것이지. 《논어》를 읽으면서 잊지 말아야 할 것이 있다. 정자께서는 이렇게 말씀하셨다. '《논어》를 읽고 난 후에도 변하지 않는다면 그 사람은 전혀 《논어》를 읽은 자가 아니다.' 너는 구절구절을 읽고 깨달음을 얻는 것은 물론 너무 기뻐 춤추고 발을 구르는 자가 되기를 진심으로 바라겠다. 내 말 제대로 알아들었느냐?"

"네, 죽는 날까지 잊지 않고 명심하겠습니다."

"그럼 이만 헤어지도록 하자. 내가 사형이니 모르는 게 있으면 언제든 내게 오도록 해라."

"그리하겠습니다."

"멀리 가지 않는다고 하니 그나마 아쉬움이 덜하구나."

유정이 고개를 숙여 보였다. 유정의 인사를 받고 오가산당

쪽으로 발걸음을 내딛던 이함형이 다시 한번 유정을 불렀다.

"유정아, 한 가지만 더 묻자. 그 일 이후 선생이 다시 사라지신 적이 있느냐?"

"아뇨, 더 이상 그런 일은 일어나지 않았습니다. 도대체 왜 그런 것인지 이유를 짐작하셨습니까?"

"내 어찌 선생님의 깊은 공력을 따라갈 수 있겠느냐? 다만 한 가지, 이런 생각은 들더구나. 선생님께서 혹시 물아일체의 경지에 이르신 것은 아닐까 하는…."

사물과 선생이 하나 되어 더 이상 구별되지 않는 경지에 이르렀다는 것이 이함형의 결론이었다. 그 말을 듣자 유정의 고개가 절로 끄덕거려졌다. 어쩌면 선생은 이제 사람보다는 바위나 물, 나무와 더 가까워졌을지도 모른다는 생각이 들었다. 그런 까닭에 범인들의 눈에는 오히려 눈에 띄지 않는 존재가 된 것일 터였다. 아마도 그것은 선생의 오랜 공부 덕분에 가능해진 경지이리라.

그 순간 유정의 머릿속에 절우사에 앉아 있던 자신의 존재를 인식하지도 못했던 제자들의 모습이 떠올랐다. 또 조금 전 자신의 존재는 스스로 만들어 가는 것이라 했던 선생의 말도 떠올랐다. 거기에 선생이 사라진 일들을 겹쳐 보았다. 자신의 사라짐과 선생의 사라짐은 같은 모습이나 그것들이 품고 있는 뜻은 전혀 달랐다. 자신의 사라짐은 남들에게 잊힌 것이고, 선생의 사라짐은 스스로 사라지는 것이었다. 그 중간에는 공부에 바친 지난한 세월이 있었다.

결국 공부를 한다는 것은 존재의 의미를 찾으려 바둥거리다가 마침내 그 의미를 깨닫고 무릎을 치며 기뻐하다, 나중에는 스스로 그 존재 자체에서 멀어져 영원으로 향하는 것이 아닐까. 그 심오한 경지를 바로 물아일체라고 부르는 것은 아닐까. 그렇게 볼 때 공부의 귀결점은 인생에 질문을 던지고, 인생의 의미를 배웠다가, 나중에는 다 놓는 것을 배우는 데 있는 것은 아닐까. 양민을 제자로 받아들이고, 처자를 제자로 받아들이고, 자신의 소유를 세상에 내어놓으며, 자신의 부끄러움마저 다 털어놓고, 자기 곁에 둔 사람도 멀리로 보내는 것은 다 그런 마음에서나 가능한 일들이었다.

"뭘 그리 곰곰 생각하느냐?"

"아… 아닙니다."

이함형과 유정은 서로 마주 보았다. 이함형의 얼굴에 그윽한 미소가 떠올랐다.

"묻지는 않겠다만 어쩌면 우리는 같은 생각을 하는지도 모르겠구나."

"그럴 수도 있겠지요."

이함형이 유정의 손을 한 번 잡았다 놓았다. 이제 정말로 헤어질 시간이었다. 이함형이 손을 흔들어 보이고는 오가산당으로 향하는 산길을 오르기 시작했다. 유정은 그의 모습을 오랫동안 쳐다보았다. 그의 모습이 더 이상 보이지 않을 때에야 비로소 유정은 마을로 향하는 길을 따라 걷기 시작했다. 자유로운 양민, 평생 공부에 매진하려는 자로서의 새 삶을 시작하는 첫걸음을 내디딘 것이다.

수많은 난관이 길을 막고 나서겠지만 결코 이 길에서 벗어나지는 않을 것이다. 선생의 뒤를 따라 평생을 묵묵히 걷고 또 걸을 것이다. 어디에선가 그윽한 난초 향이 났다. 마치 선생이 유정 앞에 서 있는 것 같았다. 유정은 두 눈을 감고 보이지 않는 스승을 향해 고개를 숙였다.

참고 문헌

《고경중마방》, 이황 저, 박상주 옮김, 예문서원, 2004.

《공부의 발견》, 정순우, 현암사, 2007.

《근사록》 주희 엮음, 이기동 옮김, 홍익출판사, 1998.

《논어한글역주》, 김용옥, 통나무, 2008.

《대학, 중용》, 이기석 역해, 홍신문화사, 1980.

《도산잡영》, 이황 저, 이장우·장세후 옮김, 을유문화사, 2005.

《도올 선생 중용 강의·상》, 김용옥, 통나무, 1995.

《맹자》, 이기석 역해, 홍산문화사, 1980.

《배우지 않으면 알지 못하고 힘쓰지 않으면 하지 못한다》, 하창환·김종석, 일송미디어, 2001.

《새로운 유학을 꿈꾸다》, 김우형·이창일, 살림, 2006.

《선인들의 공부법》, 박희병, 창비, 1998.

《성학십도》, 이황 저, 이광호 옮김, 홍익출판사, 2001.

《성학십도와 퇴계철학의 구조》, 금장태, 서울대출판부, 2001.

《왜 조선 유학인가》, 한형조, 문학동네, 2008.

《원효에서 다산까지》, 김형효, 청계, 2000.

《유교의 공부론과 덕의 요청》, 한형조 외, 청계, 2004.

《인설》, 주희 저, 임헌규 옮김, 책세상, 2003.

《자성록, 언행록, 성학십도》, 이황 저, 고정일 옮김, 동서문화사, 2008.

《조선 유학의 거장들》, 한형조, 문학동네, 2008.

《천년의 선비를 찾아서》, 이성원, 푸른역사, 2008.

《퇴계심리학》, 한덕웅, 성균관대출판부, 1994

《퇴계의 삶과 철학》, 금장태, 서울대출판부, 1998.

《퇴계집》, 이황 저, 장기근 역해, 홍산문화사, 2003.

《퇴계평전》, 정순목, 지식산업사, 1987.

《한글 세대가 본 논어》, 배병삼, 문학동네, 2002.

네 통의 편지

초판 1쇄 발행 2023년 2월 10일

지은이 설흔
그린이 김규택
펴낸이 이수미
편집 김연희
북디자인 하늘민
마케팅 김영란, 임수진

종이 세종페이퍼　인쇄 두성피엔엘　유통 신영북스

펴낸곳 나무를 심는 사람들
출판신고 2013년 1월 7일 제2013-000004호
주소 서울시 용산구 서빙고로 35 103동 804호
전화 02-3141-2233　팩스 02-3141-2257
이메일 nasimsabooks@naver.com
블로그 blog.naver.com/nasimsabooks
인스타그램 instagram.com/nasimsabook

ⓒ 설흔, 2023
ISBN 979-11-90275-87-3 (44810)
　　　979-11-90275-27-9 (세트)